Cornelia Schmitz

Betreutes Sterben

Ein Psychiatriekrimi

edition BALANCE

Cornelia Schmitz

Betreutes Sterben

Ein Psychiatriekrimi

Cornelia Schmitz
Betreutes Sterben
Ein Psychiatriekrimi

edition BALANCE

1. Auflage 2017
ISBN-Print: 978-3-86739-117-7
ISBN-PDF: 978-3-86739-878-7

Bibliografische Information der Deutschen Nationalbibliothek
Die Deutsche Nationalbibliothek verzeichnet diese Publikation in der Deutschen Nationalbibliografie; detaillierte bibliografische Daten sind im Internet über http://dnb.d-nb.de abrufbar.

Der BALANCE buch + medien verlag ist ein Imprint der Psychiatrie Verlag GmbH, Köln.

Umschlagkonzeption und -gestaltung: GRAFIKSCHMITZ, Köln unter Verwendung je eines Bildes von Mike Flippo (Tablett), Triff (Tablette) und Tuzemka (Tapete), alle shutterstock.com
Typografiekonzeption und Layout: Iga Bielejec, Nierstein
Lektorat: Sarah Richert, Köln
Druck und Bindung: Westermann Druck Zwickau

FSC www.fsc.org MIX Papier aus verantwortungsvollen Quellen FSC® C110508

Für Matthias

»Ich gebe meinem Psychiater noch ein Jahr,
dann fahre ich nach Lourdes.«
Woody Allen

Davor ...

Es war nicht kalt. Auch nicht nass. Nicht ungemütlich, nicht mal windig. Einsam schon gar nicht, dauernd fuhren Autos vorbei, manche hupten. Es war eine laue Sommernacht, morgens hatte es geregnet, die Luft duftete nach Gras und warmem Asphalt. Es roch ganz und gar nicht trostlos. Nichts um ihn herum war trostlos. Und das gehörte sich doch eigentlich nicht, wenn man sterben wollte.

Er hatte sich immer gefragt, warum manche Leute einen Abschiedsbrief schrieben, andere aber nicht. Nun wusste er die Antwort, doch er wünschte, er hätte die Frage nicht gestellt.

Ein Bonmot sollte es schon sein zum Abschluss, irgendetwas Witziges, Geistreiches, das die Dinge auf den Punkt brachte. Ein kurzer Gruß von jemandem, der gewusst hatte, wie man lebt, und der nun ging, aus eigenem Antrieb. Aber eigentlich war er nur – müde. So müde. So viel Arbeit. Dazu die Angst.

Die Digitalisierung schluckte eine Zeitung nach der anderen, Ressorts wurden zusammengelegt, Leute wurden entlassen; die, die bleiben durften, die, die arbeiten durften – sein Vater, der Gewerkschafter, würde sich im Grabe umdrehen, wenn er das hörte –, mussten zusehen, wie sie zurechtkamen. Und wenn nicht: Draußen stand schon der Praktikant, der auf seine Chance wartete.

In der Redaktion war ein Kollege zusammengebrochen. Hatte mittags den Computer ausgeschaltet, den Schreibtisch aufgeräumt und saß dann einfach so da, reglos an dem ordentlichen Schreibtisch. Sagte keinen Ton mehr. Er hatte ihn zum Arzt gefahren. Diagnose: Burnout. Das schönere Wort für Depression.

Nichts war mehr sicher. Die Arbeit nicht, das Wetter nicht. Schon gar nicht die Liebe.

Ob man seine Ex verständigen würde? Zehn Jahre war das jetzt schon her. Und was war das für eine Liebe gewesen! Fürs Leben. Für immer. Für immer und ewig. Versprochen ist versprochen und wird nicht gebrochen.

Er schnippte seine Zigarette ins Wasser. Man musste darauf achten, von der richtigen Seite zu springen. Gegen den Strom. Wenn man Pech hatte, klappte es sonst nicht und man landete stattdessen im Rollstuhl. Tja. Definiere Pech.

»Ich will nicht mehr«, hatte der Kollege auf dem Weg zum Arzt gesagt. »Ich will gar nichts mehr.« Dass er keine Gefühle mehr habe, keinen Zorn empfand, keine Freude, gar nichts.

Er hatte sich nicht vorstellen können, wie es war, wenn man nichts begehrte, nichts fühlte, nichts wollte. Und das war sicher gut so, denn wenn man sich so etwas vorstellen konnte, saß man wohl irgendwann auf einer Brücke, hatte eine halbe Flasche Wodka intus und schaute in den Abgrund. Wenn man es überhaupt auf die Brücke schaffte.

Sein Abschiedsbrief war nun in der Tat kurz. Zwei Sätze darüber, wo seine Papiere zu finden waren und wie mit seiner Wohnung zu verfahren sei, ein »Es tut mir leid«. Solche Dinge eben. Witzig und geistreich war daran nichts. Der Brief lag neben ihm, ordentlich zusammengefaltet in einem Kuvert.

Er setzte sich aufs Brückengeländer und zündete sich noch eine an.

Samstag

Was gefiel ihr nicht an dem Arzt? Er hatte sie in Ruhe gelassen, nur gefragt, ob sie die Medikamente nehmen werde. Als sie »Nein, danke« gesagt hatte, hatte er genickt und gesagt, dass er »wieder auf sie zukommen« werde, was immer das heißen mochte. Sie hatte sich ihre Zigaretten geschnappt und war ins Raucherzimmer gegangen.

Ein drei viertel Päckchen Kippen plus eine fast volle Dose Kaffee. Nicht schlecht. Andererseits noch gut eine Woche bis zum Ersten. Eli hatte keine Ahnung, wie lange sie diesmal drinbleiben würde, nur dass sie dieses Zeugs nicht nehmen würde, das stand ja wohl fest.

Wer war noch alles hier? Sie kannte kaum jemanden, aber das musste nichts heißen. Es war Samstag, sicher waren einige im Wochenende, auf »Belastungserprobung«, wie sie das hier nannten. Sie schnaubte. Als ob es nicht Belastungserprobung genug wäre, das Wochenende in der Psychiatrie zu verbringen statt schön allein daheim. Gott sei Dank – auf der B hatten sie wenigstens Zweibettzimmer, keine Drei- oder sogar Vierbettzimmer wie auf der C, der offenen Station. Außerdem war die Offene ziemlich langweilig mit den ganzen Angstgestörten, den Zwanghaften und den Depressiven.

Der Arzt war jung für einen Psychiater, um die dreißig. Dezent parfümiert. Ordentliche Frisur, manikürte Nägel. Manikürte Nägel? Das war es nicht, sie mochte gepflegte Männer. Vielleicht die Tatsache, *dass* er sie in Ruhe gelassen hatte? Ihr aber dennoch zu verstehen gegeben hatte, dass er sie für übergeschnappt hielt?

Das war sie nicht. Ganz und gar nicht. Verdammt, konnte man denn nicht einfach mal gute Laune haben? Sehr gute Laune?

Man war ja wohl noch lange nicht übergeschnappt, wenn man der Öffentlichkeit ein Ständchen gab, oder? Das war nicht verrückt, das war *Lebenslust*. Savoir-vivre war das. Und sie konnte doch auch nichts dafür, dass sie *voll den Durchblick* hatte. Voll.

Ganz im Gegensatz zu dem Typen gegenüber, der sich gerade aus Tabakresten eine Zigarette baute und dabei so konzentriert guckte, als baute er an einer Lösung für den Nahostkonflikt. Aber vielleicht tat er das ja auch, man wusste nie, wen man hier traf. Beim letzten Mal hatte es nicht weniger als drei Mal den lieben Gott gegeben, Eli selbst eingeschlossen.

Mann, war der Kerl nervös. Zitterte richtig. Neuling? Das erste Mal in der Psychiatrie war hart, mancher überlebte es nicht.

»Zigarette?«, lächelte sie ihn an. Er schaute hoch, blickte aber sofort wieder weg, wusste nicht, wohin mit den Augen.

»Nee, danke, ich hab selber.«

Aha. Neuling, klarer Fall. Normalerweise grapschten sie sich hier, was sie kriegen konnten. Zumal fertige Kippen, zumal wenn sie an Tabakkrümeln rumdrehten wie der Kerl gegenüber. Sah ganz gut aus. Genau ihr Fall. Nicht mehr der Jüngste. Das war komisch, wenn er wirklich neu im Geschäft war – sie kannte die Leute aus der Branche. Graue, kurz geschnittene Haare, Fältchen um die Augen, gerade Nase und schlanke Finger, die es jetzt endlich hingekriegt hatten, die Zigarette zu Ende zu drehen.

»Neu hier?«, fragte sie und guckte zur Seite. Sie wusste, dass Wahnsinns-Anfänger nicht gerne angeschaut wurden.

»Ja«, nickte er knapp.

Sie beschloss, ihn in Ruhe zu lassen.

»Weswegen sind Sie denn hier?«, wollte er jetzt wissen.

Sie? Der Typ siezte sie, damit war die Sache klar. Der war zum ersten Mal hier – hier, wo sich alle duzten, egal, wie alt, egal, wie reich. Na ja, Reiche kamen ja eh nicht hierhin, und wenn doch, dann nach vorne auf die D.

»Ich weiß es nicht«, antwortete Eli. »Ich bin über die Straße gegangen, da kam der Krankenwagen und die haben mich mitgenommen.«

»Einfach so? Einfach mitgenommen?«

Eli konnte die Skepsis in seinem Ton hören. Klang ja auch komisch. Aber es war nun mal Tatsache: Sie war über die Straße gegangen und hatte sich hingesetzt. Auf die Straße. Mehr war nicht passiert. Dann waren Sanitäter gekommen, die hatten gesagt, sie solle mitkommen. Und das hatte sie getan, denn sie wusste, was passierte, wenn man nicht mitkam: Man landete auf jeden Fall auf Station, aber dann in Handschellen. Hatte nicht viel Sinn, sich zu wehren.

Sie beschloss, den Neuen mal ein bisschen aufzuklären.

»Du«, sie betonte das Du, »bist neu hier, nicht?«

Er nickte.

»Wir duzen uns hier alle, hast du was dagegen?«

Er schüttelte den Kopf.

»Also: Die«, diesmal betonte sie das Die, »können einen einfach so mitnehmen, da kann man nicht viel dran ändern.«

Das stimmte. Man konnte mitgenommen werden. Allerdings war Eli im Krankenhaus angekommen in, wie die Fachkräfte sagten, »unangemessener Kleidung«. Um genau zu sein, hatte sie weiter nichts angehabt als einen leger übergeworfenen Morgenrock und Badeschlappen. Sowie einen rosa Schal mit Pünktchen.

»Und weswegen bist du hier?«, fragte sie.

»War schlecht drauf ...«, murmelte der Neue vage und rutschte tiefer in seinen Stuhl.

Eli nickte. Schlecht drauf, aha. Schlecht drauf war keine Seltenheit hier in der Hochburg der labilen Seelen. Eli hoffte allerdings, dass außer ihr noch ein paar drin wären, die gute Laune hatten, sonst konnte sich der Aufenthalt im Sanatorium zum sonnigen Gemüt zu einem echten Höllentrip auswachsen.

»Hi.« Peter schlappte ins Raucherzimmer und ließ die Tür hinter sich zuknallen. Eli seufzte. Sie kannte die Tür noch von ihrem letzten Aufenthalt vor zwei Jahren. Damals war ihr die Tür mit ihrem ständigen Ins-Schloss-Knallen so auf die Nerven gegangen, dass sie allein dafür eine tüchtige Medikamentenerhöhung hätte gebrauchen können. Dieses Ding musste man nämlich festhalten und sanft ins Schloss fallen lassen, sonst weckte der Rums selbst medikamentös voll Weggebombte auf.

Das setzte leider voraus, dass man *vorher* daran dachte, dass man die Tür festzuhalten hatte, und nicht erst hinterher, wenn alle einmal mehr zusammengezuckt waren. Und mit dem Vorher-dran-Denken haperte es hier auf der Akutstation, wo alle tief in Gedanken waren. Nicht, dass Eli dagegen etwas gehabt hätte. Sie mochte Leute, die mit ihren eigenen Angelegenheiten beschäftigt waren und einem nicht weiter auf den Wecker fielen.

Peter kannte sie auch. Er war der Typ Wahnsinniger, der sein Ding machte und seine Kippen teilte, wie es sich gehörte. Er redete nicht viel und spielte höchstens mal eine Partie Schach. Sie hatte ihn schon gesehen, als sie vorhin auf die Station gekommen war.

»Habt ihr schon gehört?«, fragte Peter und stellte sich an den Fensterspalt im Raucherzimmer. »Die Karin ist tot. War wohl Herzstillstand, heute Nacht ist sie gestorben.« Bevor Eli etwas sagen konnte, hatte der Typ von gegenüber schon die Ohren angelegt.

»Tot? Wer? Was ist passiert?«

Eli und Peter guckten sich an. Es war offensichtlich, dass der Neue Angst hatte.

»Keine Panik«, meinte Eli freundlich. »Komm mal runter. Ich weiß von nichts, bin erst seit heute hier. Peter, weißt du mehr?«

»Nee, auch nicht, bin erst gestern von der C runtergekommen. Selbstmordgedanken«, fügte er erklärend in Richtung Neuling hinzu.

»Er meint, dass er wegen seiner Selbstmordgedanken von der offenen Station hierhin auf die Geschlossene gekommen ist, nicht, dass diese Karin sich umgebracht hat«, erklärte Eli dem Neuen.

Sie drehte an einer Stirnlocke. Mensch. Das war Action. Kaum war sie ein paar Stunden hier, schon starb jemand.

Über Mangel an Unterhaltung konnte man sich im Irrenhaus im Allgemeinen nicht beschweren. Nie fehlte es an Dramen, erbaulichen Gesprächen und Erleuchtungen aller Art. Hingegen fehlte es an geistigen Getränken, mit denen man gerade die Erleuchtungen viel besser hätte genießen können. Einen kleinen Ausgleich bot die Tatsache, dass man sich die Lunge aus dem Leib quarzen konnte, mittlerweile allerdings nur noch auf der geschlossenen Station.

Das war früher besser gewesen. Als Eli mit dem Wahnsinn angefangen hatte, hatte man überall rauchen können. Auch zu jeder Zeit. Da schlafen nicht zu den Gepflogenheiten von psychisch erkrankten Zeitgenossen gehörte, hatte man oft bis nachts um drei beieinandergesessen, Tabak zusammengeschmissen und war das Universum von A bis Z durchgegangen. Über Gott und die Welt hatte man geredet, was immer ein bisschen heikel war, wenn es gerade mehr als einen Gott auf Station gab. Kaffee war in rauen Mengen geflossen, der schwemmte so schön die Medikamente aus, wie die Alteingesessenen wussten. Doch diese wundervollen Zeiten waren nun vorbei, wo auch das kleinste Genussfitzelchen im Namen der Gesundheit dahingemordet wurde.

Eli schaute den Neuen an.

»Wie heißt du eigentlich?«

»Ich heiße Martin. Martin Regener. Und ihr? Ich ... äh ... denkst du wirklich an Selbstmord? Das ... also ... das tut mir furchtbar leid ...« Er versuchte, irgendwohin zu schauen, nur nicht Richtung Peter. Der brummelte irgendetwas Unverständliches und betrachtete die Wand im Raucherzimmer, die in den unterschiedlichsten Gelbtönen gefärbt war.

»Ich bin Eli und das ist Peter«, sagte Eli und drückte energisch ihre Kippe aus. »Ich schätze, ich gehe mal nach vorne, fragen, was da los ist, vielleicht geben die Auskunft.«

»Kann ich mitkommen? Ich sitze jetzt schon seit Stunden hier rum ...« Regener drückte seine Kippe aus und war schon halb mit auf dem Weg.

»Sicher«, meinte Eli etwas zögerlich. »Ist zwar vielleicht besser, wenn ich alleine gehe, aber können wir probieren. Ist immer 'n bisschen knifflig, die so was zu fragen, die sind immer so beschäftigt.«

»Wen und wo willst du denn fragen?«

Oh Mann, der Neue war anscheinend über gar nichts im Bilde.

»Im Stationszimmer. Vorne, wo der große Tisch drinsteht.« Eli deutete mit den Händen Richtung Flur. »Da machen die auch ihre Pausen und da sind die meistens.«

»Die« waren die Ärzte, Pfleger und Schwestern, überhaupt das ganze Personal der Station. Die Abteilung – Station B, die Geschlossene oder die »Geschützte«, wie man sie neuerdings politisch korrekt nannte – verfügte über zwölf Zweibettzimmer (die manchmal als Einzelzimmer genutzt wurden), ein Fernsehzimmer, einen Raucherraum, einen Ruheraum und das Speisezimmer. Dazu kamen noch drei Diensträume für Schwestern und Ärzte und ein Zimmer, in dem die Visite abgehalten wurde. Außerdem war da noch das »Wachzimmer«, wie es so kuschelig hieß, das Zimmer also, in dem man landete, wenn man fixiert wurde. Seinen Namen verdankte der Raum den Sitzwachen, die eigentlich bei einer Fixierung anwesend sein mussten, in einigen Bundesländern aber durch Videoüberwachung ersetzt wurden. Diese Maßnahme erlaubte es dem Personal, seiner eigentlichen Arbeit nachzugehen, nämlich einer ungeheuren Flut an Papier, das es vollzuschreiben galt. Und es eröffnete Patienten mit Verfolgungswahn ungeheure Möglichkeiten, in ihrem Wahn eine bis dahin ungeahnte Vielfalt zu entdecken – insbesondere denjenigen, die ohnehin schon davon überzeugt waren, durch Technik ferngesteuert zu werden. Auf der B lag das Wachzimmer allerdings neben einem Dienstraum und konnte von diesem durch eine Scheibe eingesehen werden. Was für die Paranoiker gegenüber einer Kamera keinen grundlegenden Unterschied machte.

Gott sei Dank hatte Eli das Problem mit dem Verfolgungswahn nicht, sie hörte auch keine Stimmen. Na ja, sie war ja schließlich auch *überhaupt nicht* verrückt, dachte sie und klopfte energisch am Stationszimmer an. Das hätte sie besser gelassen.

»Übergabe!«, schallte es ihr gereizt entgegen.

Mist. Vielleicht wusste einer der Patienten mehr? Sie inspizierte den Speiseraum, Regener im Schlepptau. Dort saßen eine dunkelhäutige Frau, die Eli noch nie gesehen hatte, und: Doris, die Unvergessliche. Beim letzten Mal hatte sie, überspannt wie Kaiser Georg III., ständig mit sich und den zahlreichen Stimmen in ihrem Kopf geredet, war Tag und Nacht auf gewesen und hatte jedermann auf den Baum getrieben. Sie hatte selbst Patienten aus der Ruhe gebracht, die bis dahin buddhagleich nur noch in die Betrachtung ihres eigenen Kosmos vertieft gewesen waren. Eli hatte eine Nacht lang mit Doris das Zimmer geteilt und war schier wahnsinnig geworden: Raus aus dem Bett, rein in das Bett, Radio an, Radio aus, Tür auf, Tür zu und natürlich reden, reden, reden. Klar, die meisten Patienten hatten ein Faible fürs Reden, doch Doris hatte es wirklich übertrieben. Nein, das Irrenhaus war absolut nichts für Leute mit schwachen Nerven. Eli manövrierte Regener schnell in eine andere Richtung.

Im Fernsehraum saßen zwei Patienten über einem Schachbrett. Ein wenig motivationslos schoben sie die Figuren hin und her.

»Hi.« Eli kam gleich zur Sache. »Habt ihr schon gehört, dass jemand gestorben ist?«

»Ja«, erwiderte einer der beiden, ein blonder junger Mann mit Verbänden um Kopf, Arme und Beine, der damit fast wie eine Mumie aussah. »Karin hieß die. So 'ne Rothaarige. Herzstillstand. Kommt von den Medikamenten, wenn du meine Meinung hören willst.«

Oh Gott. Eli wusste, was jetzt kommen würde: das Thema Nummer eins. Das Thema, das immer auf der Tagesordnung stand, sobald man einen Mitpatienten traf. In ungezählten Nächten hatte sie die Medikamente schon durchdekliniert. »Was nimmst du denn so?« war der beliebteste Gesprächseröffnungsgegenstand, noch vor: »Was hast du denn eigentlich?«.

»Die Medikamente«, führte die Mumie feierlich aus, ohne sich an jemand Bestimmten zu wenden, »können ganz schön lustige Sachen mit dir machen. Haarausfall, Impotenz, Übergewicht, Wahnvorstellungen, alles dabei. Und natürlich plötzlicher Herztod. Kann alles passieren.«

Eli verdrehte die Augen. Sicher konnte was passieren, logisch. Das Zeug hatte Nebenwirkungen, das wusste jeder. Aber manche stellten sich auch an, waren richtig paranoid mit ihren Pillen. Herztod, wie häufig kam das vor?

»Was war das denn für ein Medikament?«, wollte der Neue jetzt wissen.

Eli seufzte. Sie hatte es geahnt. Jetzt würde man gleich endlos über Solian, Abilify und Co. KG reden. Vor allem, wenn die beiden spitzkriegten, dass Regener Neuling war.

»Keine Ahnung, Lambadin oder Lantatrin ... Genau: LantatrinCetaMX, glaub, so heißt es.« Die Mumie nestelte an ihren Verbänden. »Hab ich noch nie gehabt. Mir wollten sie das auch geben, aber ich hab gesagt, ich bleib lieber bei Lithium.«

»Ich sollte es auch kriegen«, sagte der andere, der bisher geschwiegen hatte, »aber ich nehme vorläufig gar keine Medikamente. Bin sozusagen auf Probe hier. Sven Baumann.« Damit stand er auf und schüttelte den beiden die Hände.

»Und das geht?« Regener guckte vom einen zum anderen. »Man kommt hier rein und nimmt keine Medikamente? Und was passiert dann? Wie wird man denn hier überhaupt behandelt?«

Eli sah ihn an und dachte an ihr erstes Mal in der Psychiatrie. 23 war sie damals gewesen, hatte drei Nächte lang nicht mehr geschlafen. Das hatte großen Spaß gemacht, zumindest in der ersten Nacht. Da hatte sie beschlossen, überhaupt nur noch nach dem Lustprinzip zu leben. Das hatte sie am Abend auch ihrer Wohngemeinschaft mitgeteilt, und zwar als sie dran war mit dem Abwasch, der aus Lustprinzipsgründen dann eben unabgewaschen blieb. Die WG hatte Mühe gehabt, ihre Ansichten zu teilen, zumal sie diese in einem langen Monolog ausgeführt und auch dann nicht beendet hatte, als sich die Mitbewohner einer nach dem anderen in ihre Zimmer verzogen hatten.

In der zweiten Nacht war es auch noch schön gewesen. Also fast. Vielleicht nicht mehr ganz so schön. Und es hatte auch genervt, dass die WG dauernd auf der Matte stand und wissen wollte, was mit ihr los war.

In der dritten Nacht war es gar nicht mehr schön gewesen, aber dafür war sie mit dem Denken sehr weit gekommen: Wie alles ist. Woher alles kommt. Wie alles wird. Die ganze Ungeheuerlichkeit, die ganze Tragweite des Seins.

Sie hatte das gewusst, sie hatte alles gewusst, aber immer wenn sie versuchte, es festzuhalten, es aufzuschreiben, rutschte es ihr quer auf das Papier. Es hatte ihre Laune nicht verbessert, dass niemand begriff, was da auf den vollgekritzelten Seiten stand. Ganz im Gegenteil, sie war echt angepisst gewesen von der totalen Begriffsstutzigkeit um sie herum. Sie war so angepisst, dass sie anfing zu schreien und zu schreien. Konnte nicht aufhören damit. Und da hatte ihre beste Freundin sie ins Krankenhaus gefahren.

Sie war neun Wochen dortgeblieben, neun Wochen, die ihr Leben für immer verändert hatten.

Das Haus war neu gewesen, modern, kein Schrecken in den Räumen, helles Holz und viel Glas überall, keine vergitterten Fenster. In den Neunzigern war das gewesen – man hatte Anspruch, wollte nicht zwingen, wollte therapieren. Das war gut. Sehr gut. Hatte sich leider bis heute nicht ganz durchgesetzt.

Doch: Reden war Silber, Schweigen war Gold, war es nicht so? Nach neun Wochen in der Reformpsychiatrie wusste Eli, was damit gemeint war. Es hatte Gruppentherapie gegeben und Soziotherapie und Einzeltherapie und Bewegungstherapie und Kunsttherapie. Man ging mit der Gruppe ein Eis essen: Therapie. Man lief eine Runde im Park: Therapie. Man schrieb ein paar Zeilen: Therapie. Spöttisch hatten die Patienten das Rauchen »Inhalationstherapie« und das Duschen »H_2O-Therapie« genannt.

Eli war aus dem Sich-selbst-Therapieren gar nicht mehr rausgekommen, hatte die Therapie nicht verdauen können, hatte sich nicht mehr begreifen können. Und das Schlimmste: Sie war niemals allein gewesen, hatte keinen Ort für sich gehabt.

Dann die Diagnose. Eli war hart im Nehmen, der unverwüstliche Typ. Aber es war nun einmal eine Sache, runter mit den Nerven zu sein, und eine ganz andere Sache, eine Psychose zu haben.

Psychotiker: Die ihre Alten abknallen. Ihre Kinder aufessen. Die mit offenem Mund durch die Gegend latschen und über ihre eigenen Füße stolpern.

Eli hatte keine Psychose. Sie war Philosophin. Schriftstellerin. Auf dem Weg zum Nobelpreis. Und außerdem konnte ihr jedermann den Buckel runterrutschen.

Sie kehrte zurück aus ihren Gedanken und erklärte: »Also, behandelt wird man hier mit Medikamenten und außerdem mit Sport und Beschäftigungstherapie. Mindestens dreimal die Woche hat man Visite, da sprichst du mit dem Arzt und wirst nach deinem Befinden befragt. Davon hängt es ab, ob du auf die Offene kommst oder nach Hause darfst oder was sonst passiert. Wenn du die Medikamente nicht nimmst, bleibst du für immer, bis zum Sankt-Nimmerleins-Tag. Du bist jetzt nämlich bekloppt. Fragen?«

Eli hielt nichts davon, die Dinge unnötig zu beschönigen. Im Gegenteil war sie sehr dafür, den Leuten die Wahrheit zu sagen, die ganze Wahrheit und nichts als die Wahrheit. Sie hatte schließlich eine Meinung, oftmals eine dezidierte Meinung – immerhin war sie Wissenschaftlerin und dachte gründlich über alles nach. Auch was die Behandlung im Krankenhaus anging, hatte sie noch nie ein Blatt vor den Mund genommen. Das machte sie nicht zum Liebling des Personals, aber so war es nun mal. Ohnehin war Diplomatie nicht die Stärke derer, die sich im Hotel Mens Sana aufhielten.

Die Dinge waren, wie sie waren, und lagen, wie sie lagen, und sie verbesserten sich nicht, indem man um den heißen Brei herumredete. Je schneller der Neue die Lage checkte, desto schneller war er wieder draußen. Also teilte sie dem Kranken in spe munter mit, dass er besser nicht randalierte – »sonst wirst du fixiert« – und besser keine Widerworte geben sollte – »sonst wirst du isoliert«. (Nicht, dass Eli selbst sich stets an diese Grundsätze gehalten hätte.) Es ergab sich ein lebhaftes Gespräch, wer schon wann wie und warum fixiert oder isoliert worden war, in dessen Verlauf sich herausstellte, dass die Mumie gezündelt hatte – »War aber echt nur ein Versehen!« – und gerade erst aus der Fixierung freigekommen war. Regener guckte vom einen zum anderen.

»Bist du eigentlich freiwillig hier oder über PsychKG drin?«, fragte Eli interessiert.

»Freiwillig, glaube ich«, murmelte Regener.

»Oh. Das ist gut. Dann bist du schnell auf der Offenen. Obwohl ich selber lieber auf der Geschlossenen bin. Ist einfach mehr los. Hattest du Suizidgedanken oder was?«

»Äh, also, ich glaube, ich brauche jetzt ein bisschen Ruhe«, sagte der Neue und ging auf sein Zimmer.

Eli blickte ihm nach und zuckte die Achseln.

Schade. Nach all den Jahren in der Psychiatrie hatte sie sich immer noch nicht daran gewöhnt, dass die meisten Leute hier so unwahrscheinlich empfindlich waren.

Martin saß in seinem Zimmer. Ihm war nicht wohl. Er hatte Angst.

Das Fenster in seinem Zimmer ließ sich nicht öffnen. Das machte ein komisches Gefühl, wenngleich der Raum selbst freundlich eingerichtet war, wie überhaupt die ganze Station. Überall standen Pflanzen, an den Wänden hingen selbst gemalte Bilder und Arbeiten der Patienten. Das Personal war, soweit er das bisher beurteilen konnte, nett gewesen und jung.

Doch er war eingesperrt, das war Tatsache, hinter verschlossenen Türen. Zusammen mit einem Haufen fragwürdiger Individuen, mit denen er, so leid es ihm tat, nicht eingesperrt sein wollte.

Diese Frau zum Beispiel, Eli oder wie sie hieß. Sah auf den ersten Blick ganz normal aus, sympathisch sogar mit ihren blonden Locken und den Sommersprossen auf der Nase. Vielleicht ein bisschen zu verwegen im Outfit. Aber wie sie mit den anderen über »Fixierung« und »Isolierung« gesprochen hatte, als wäre das das täglich Brot ... Der Himmel mochte wissen, was sie angestellt hatte, um in der Zwangsjacke zu landen. Und dann der junge Mann, der »nur ein ganz kleines Feuerchen, ehrlich« gemacht haben wollte ...

Die Geschlossene. Du liebe Zeit. Er war doch ein gestandener Mann, Journalist beim Rheinischen Echo. Kannte das Leben. Nun also das hier.

War es denn nicht normal, dass er deprimiert war? Lief denn nicht alles aus dem Ruder, ging die Welt denn nicht zum Teufel? Als Journalist musste er sich informieren, sich auf dem Laufenden halten, doch so langsam hatte er darauf keine Lust mehr. Konnte die Nachrichten nicht mehr sehen, hätte sich am liebsten manchmal Augen und Ohren zugehalten, sich unter dem Bett verkrochen wie ein kleines Kind. Oder waren die Medien schuld, deren Teil er war? War die Welt so, wie sie immer gewesen war, und wurde langsam er zu empfindlich?

Mit neunzehn, zwanzig hatte er gebrannt, wollte flammend anschreiben gegen das Übel in der Welt, sich einsetzen für das Schöne, Wahre, Gute. Doch was war das, das Gute? Welche Seite war die richtige? Er wusste es nicht mehr, hatte die Orientierung verloren. Mochte auch die Menschen immer weniger. Es stand doch wohl fest, dass jeder nur an sich selbst interessiert war. Einschließlich seiner Wenigkeit, er machte sich da nichts vor.

Wie ging es nun weiter? Er legte sich hin. Stand gleich wieder auf. Legte sich wieder hin. Er fühlte sich aus der Zeit gefallen, orientierungslos.

Hier tat sich irgendwie nichts. Nachts in der Aufnahme, als sie ihn von der Brücke geholt hatten, war er einem Arzt vorgestellt worden, Dr. Lorenz, der, wie sich gezeigt hatte, auch einer der Stationsärzte der B war. Es würde sich schon alles finden, hatte der gesagt. Er solle sich nun erst einmal ausruhen. Das war vorläufig alles gewesen. Ein Krankenpfleger war auch dabei gewesen. Der steckte nun hin und wieder seinen Kopf zur Tür rein und fragte ihn freundlich nach seinem Befinden. Ob er

Wünsche habe, einen Tee etwa? Ansonsten solle er erst einmal zur Ruhe kommen.

Ausruhen. Über allen Gipfeln ist Ruh, dachte er. Warte nur, bald ruhest du auch.

Er schloss die Augen.

Auf der Suche nach etwas Zerstreuung war Eli nach ihrem kleinen Plausch mit der Mumie und deren Schachkumpel zurück ins Raucherzimmer gezogen, immer auf der Hut vor Doris. Dort hatte sie Franz kennengelernt, der einen akuten Anfall von Ich-find-mich-scheiße hatte. Aber so richtig scheiße. Eli hatte auf den ersten Blick gesehen, dass Franz' Unterhaltungspotenzial zurzeit nicht voll ausgeschöpft werden konnte, schnell eine geraucht und sich in ihr Zimmer verzogen, wo sie sich aufs Bett gelegt hatte und über alles nachdachte.

Ihre Lieblingsbeschäftigung. Assolutamente.

Eli konnte Stunden um Stunden damit verbringen, über Gott und die Welt nachzudenken. Und sie hätte das Ergebnis ihrer Überlegungen gerne besagter Welt mitgeteilt. Sie hatte auch schon längst damit angefangen, ein umfangreiches Buch zu schreiben, dessen Wurzeln bereits sechzehn Jahre zurückreichten, bis hin zum damaligen Lustprinzipsgedanken. Jedoch stellte sich das Buch beim Schreibenlassen leider ziemlich an.

Ihr Opus magnum umfasste etwa dreihundert Seiten, aber wenn Eli mit sich selbst ungnädig war, fand sie nur die ersten zehn Seiten soweit in Ordnung. Okay, zwanzig. Der Anfang war gut. Dann kamen die Probleme. Ein Riesenhaufen Probleme.

Eli war von der Analogie ihres Buchs zu ihrem eigenen Leben entzückt und hatte den Gedanken gleich notiert – er gehörte mit zu den zwanzig guten Seiten. Die waren brillant, bezaubernd, originell. Doch dann: Wüste. Eine Bleiwüste voller Geschwafel, das Eli einfach nicht auf die Reihe kriegte. Und das war eine Analogie zu ihrem Leben, die sie nicht mehr entzückte.

Es verhielt sich auch so, dass sie nur dann schreiben konnte – und wollte –, wenn sie ordentlich in Fahrt kam. Schwung holte. Doch man konnte alles übertreiben, Eli sowieso, und so kam es, dass der ganze schöne Schwung oftmals hier in den Gebäuden des Landschaftsverbandes Rheinland, sprich in der Klapsmühle, verebbte. Ein Jammer, zumal Eli sich in diesen Gebäuden reichlich Inspiration holte, gab es doch hier ein Panoptikum an schrägen Typen und schrägen Ideen, das einem sonst nirgendwo geboten wurde.

Jetzt zum Beispiel: der Tod. Karin war gestorben.

Tod, Wahnsinn, Gott und vor allem: der Sinn des Lebens. Die ganz großen Themen, all das konnte man nirgendwo besser finden als in der Psychiatrie. Und natürlich die Weltenrettung. Eli wunderte sich manchmal, dass die Erde immer noch der Haufen Scheiße war, der sie war, wo doch die Entrückten mit gutem Beispiel vorangingen und ihre Gedanken nur auf ein Ziel richteten: den Planeten zu erlösen. Die Irren wollten sich nun mal nicht damit abfinden, dass die Welt im Kern daraus bestand, dass sich alle gegenseitig verspeisten.

Eli hatte einmal eine Frau kennengelernt, die auf einem selbst gebauten Altar Gott ihr eigenes Kind geopfert hatte, damit er endlich eine Erde ohne Hunger, Kriege und Ungerechtigkeit schuf, das Paradies auf Erden. Gott hatte sich davon nicht erweichen lassen, die Welt blieb, wie sie war, und die Frau war für lange Zeit im Krankenhaus gelandet. Sie war dort herumgeschlichen wie ein Gespenst, hatte mit niemandem mehr geredet.

Gott hatte die Welt nicht verbessert, doch andererseits hatte er ein inniges Verhältnis zu Eli. Oder sie zu ihm. Jedenfalls immer dann, wenn sie im Begriff war, Schwung zu holen.

Dann, und nur dann, rannte sie in die Kirche – einen Ort, in den sie sonst niemals einen Fuß setzte –, gab jedem Bettler Geld – die orientierten sich mittlerweile an ihren Laufwegen – und studierte den Koran auf Arabisch. Arabisch? Ja, in der Tat. Sie hatte einmal geschlagene drei Stunden in einer Buchhandlung verbracht und den türkischstämmigen Händler dazu gezwungen, das Buch des Lebens zu rezitieren, immer mit dem Hinweis auf ihre baldige Hinwendung zum Islam. Der Mann hatte die Seele gewinnen wollen und sich in Rage geredet, doch dann hatte Eli ihrerseits versucht, ihn zum wahren, dem katholischen Glauben zu bekehren. Und das war für diesen Tag das Ende von Völkerverständigung und Toleranz gewesen.

Nun ja. Mademoiselle Eli Sudfeldt erhob sich mit Schwung vom Bett, streckte sich und inspizierte die Nasszelle des Zimmers. Es wurde höchste Zeit, die öde Klinikkabine in ein Sudfeldt'sches Wellnessparadies umzufunktionieren.

Martin stand am Schwesternzimmer und stritt mit Pflegedienstleiterin Hildegard Suttler, einer äußerst durchsetzungsfähigen Dame, vor der sich Löwen in Lämmlein verwandelten. Es ging um Martins Handy, das er in der Aufnahmenacht abgegeben hatte und das er nun nicht wiederbekam. Die Krankenschwester hatte ihn davon in Kenntnis gesetzt, dass man das Handy vorerst eingezogen habe und dass er es nur während des Ausgangs benutzen dürfe. »Sie müssen jetzt erst einmal zur Ruhe kommen«, erklärte sie ihm und fügte beschwichtigend hinzu: »In ein, zwei Tagen können wir schon über den Ausgang reden.«

Der Journalist war gelinde gesagt irritiert. Das Mobiltelefon war praktisch mit ihm verwachsen, ohne sein Handy fühlte er sich amputiert. Durften die das? Hatte man kein Recht auf persönliche Gegenstände mehr? Er musste schließlich seine Schwester verständigen. Und eine Kollegin aus der Redaktion. Aber es war nichts zu machen. Die gestrenge Pflegekraft sprach mit der Rhetorik, die man Dreijährigen entgegenbringt: Ein und dasselbe Argument wird immer eindringlicher wiederholt, bis es den lieben Kleinen in Fleisch und Blut übergangen ist.

»Im Flur hängt ein Patiententelefon. Dort können Sie gerne telefonieren. Das Handy kann ich Ihnen leider nicht aushändigen. Das können Sie nur in den Ausgang mitnehmen und dann wieder auf Station abgeben. Auf der Station selbst sind Mobiltelefone nicht gestattet.« Fehlte nur noch ein »Basta« zum Abschluss.

Martin wurde langsam sauer. Ja, es gab ein Telefon im Flur, doch dort konnte jeder mithören. Das kam nicht infrage. Mensch, er war doch nicht irgendwer! Er hatte eine gewisse Selbstsicherheit, ein Vertrauen in die eigenen Fähigkeiten, auch rhetorisches Geschick! Bei einer Sitzung wartete er so lange, bis die Debatte ihren Zenit überschritten hatte, dann überzeugte er mit Ruhe und Fakten. So erreichte er fast immer das erwünschte Ergebnis. Doch an der Krankenpflegerin mit ihrer tiefinnerlichen Überzeugung, dass man sich mit psychisch Kranken niemals auf eine Diskussion einlässt, prallten all seine Argumente ab. Er war 43, ein gestandener Mann, doch plötzlich fühlte er sich wie damals in der achten Klasse, als ihm die Lehrerin seinen Taschenrechner weggenommen hatte. Er hatte ihn erst in den Ferien wiederbekommen mit der Begründung: »In der Schule verlassen wir uns auf selber, Martin!«

Außerdem hatte Hildegard Suttler ihn darüber informiert, dass er ein »PsychKG« habe, also einen vorläufigen Unterbringungsbeschluss nach dem Psychisch-Kranken-Gesetz. Er bleibe voraussichtlich sechs Wochen hier. Gegebenenfalls länger. Er könne vielleicht auch früher raus. Höchstwahrscheinlich sogar, wenn alles gut laufe. Falls er in einen freiwilligen Aufenthalt einwilligen würde. Er müsse dann erklären, dass er die Notwendigkeit einer Behandlung in der Psychiatrie einsehe. Dann würde es sicher nicht sehr lange dauern. Natürlich nur, wenn sich alles gut entwickele. Wovon man aber immer ausgehen solle.

Sonst bleibe er eben unfreiwillig. Zu seinem eigenen Besten, immerhin sei er eine Gefahr für sich und andere. Am Montag komme der Richter. Einen Anwalt habe er auch, es gehe also alles mit rechten Dingen zu. Leider koste ihn das ganze Verfahren um die sechshundert Euro. Falls er das Geld nicht aufbringen könne, bestehe die Möglichkeit, Beihilfe zu beantragen.

Martin schwirrte der Kopf. Er musste dringend eine rauchen und dabei seine Gedanken sortieren. Ein Unterbringungsbeschluss. Er hatte also scheinbar sechs Wochen hierzubleiben. Punkt. Über ihn und seine Freiheit hatte man verfügt. Welche Diagnose hatte man gestellt? Gefahr für andere? Das war doch lächerlich. Wieso eigentlich? Er habe den Verkehr behindert, teilte die Schwester ihm mit, man habe ihn retten müssen. Alles Weitere möge er am Montag besprechen. Er könne natürlich auch Widerspruch gegen den Beschluss einlegen. Er müsse aber dann so lange in der Psychiatrie bleiben, bis über den Widerspruch entschieden sei. Und das dauere mindestens sechs Wochen. Eher länger. Aber man werde sehen. Das werde sich alles finden.

Plötzlich war ihm die Station zu eng. Er atmete tief durch.

Die Schwester musterte ihn. »Beruhigen Sie sich«, sagte sie nicht unfreundlich. »Sie werden sich schon eingewöhnen. Möglicherweise kommen Sie schon sehr bald auf eine offene Station. Sehen Sie, ich bin auch nicht ganz freiwillig hier, ich musste für eine kranke Kollegin einspringen. Wir sitzen also fast im selben

Boot.« Sie lächelte ihn an und wandte sich dem nächsten Patienten zu.

Martin fühlte sich ... allein. Wie auf einem fremden Planeten. Er mochte Krankenhäuser nicht, setzte grundsätzlich nie einen Fuß in eine Arztpraxis. Und nun sechs Wochen Zwangsaufenthalt Gott weiß wo. Er ging ein paar Schritte auf dem Flur hin und her und ertappte sich dabei, dass er am liebsten laut geflucht hätte. Verdammt, er war schon genau wie die anderen ... schrägen Figuren hier. Unvermittelt sehnte er sich heftig nach der normalen Welt. Er gehörte nicht hierhin! Er hatte doch nur für einen Moment die Nerven verloren, den Blues gehabt! Ein bisschen die Beine hochlegen, mal abtauchen, ein, zwei Wochen, dann würde es schon wieder werden, mehr brauchte er nicht. Und dann schnell wieder an die Arbeit, er musste unbedingt zusehen, dass er den Anschluss nicht verlor.

Auf der Station war die Stimmung unruhig. Das Pflegepersonal hatte eine ganze Zeit lang hinter verschlossenen Türen getagt, aus dem Raum hatte man laute Stimmen gehört. Einzig Frau Suttler und eine Krankenpflegeschülerin hatten den Patienten als Ansprechpartner zur Verfügung gestanden. Vor seiner Debatte mit Schwester Hildegard hatte Martin gesehen, dass ein Bestatter vorgefahren war und Karin abgeholt hatte. War bereits ein natürlicher Tod festgestellt worden? Er fragte sich unwillkürlich – Journalisteninstinkt –, ob die Leiche nicht obduziert werden musste. Oder wurde Karins Tod seitens der Ärzte zu den Akten gelegt, Herzstillstand und Schluss, so was kam eben vor in einem Krankenhaus?

Martin zuckte die Achseln und seufzte bei dem Gedanken an die Zeit, die vor ihm lag. Er machte sich auf den Weg zum Raucherzimmer. Dort traf er auf eine gemütliche Runde, bestehend aus Peter, Franz, dem Depressiven, der »Mumie« (die übrigens Richard hieß und von Peter um eine Kippe angebettelt worden war) sowie Eli, die ihr Zigarettenbudget kritisch beäugte und ihre optimistische Einschätzung desselben bereits revidieren musste.

Franz war dabei, jedermann sein Befinden mitzuteilen. Das fing an bei seinem Gesundheitszustand – alarmierend –, ging über seine Vergangenheit – ein Jammertal, Hiob war dagegen ein Lebenskünstler gewesen – bis hin zu den weiteren Aussichten – aussichtsloser als aussichtslos. Zu guter Letzt wollte er von Eli wissen, wie man manisch werden könne – er brauche nun dringend etwas Aufmunterung.

»Trinke viel Whisky und schlafe nicht«, beschied ihm Eli, die, wenn sie jemanden nicht leiden konnte, herzlos wie ein Krokodil sein konnte.

Franz verstummte und ging auf sein Zimmer, wo er nun das ganze Wochenende an Elis apodiktisch vorgetragener Weisheit zu knabbern haben würde. Da Depressive fleißige und gründliche Menschen waren, würde er jetzt mit seinen Gedanken regelrecht ein Loch in den Planeten bohren, nur um am anderen Ende genauso verzweifelt wieder herauszukommen. Oh, Melancholie. War Grübeln nicht die absolut sinnloseste Zeitverschwendung aller Zeiten?

Eli, die genau wusste, dass man Depressiven niemals einen Ratschlag erteilt, schaute ihm nach. In ihrem Kopf blühten Mohnblumen, klatschrote Mohnblumen, größer als Mammutbäume. Ideen explodierten darin, eine genialer als die andere, *bang, bang, bang*. Ihr Blut sang laut »Freude, schöner Götterfunken«, so laut, dass es Beethoven in seinem Grab hören konnte. *Sie* war die Tochter aus Elysium. Sie war ... *connected.*

Und Franz war es nicht. Sorry. Aber Tatsache. Er hatte keinen Anschluss. Kein Anschluss unter keiner Nummer. Die Verbindungen in seinem Hirn hatten sich aufgelöst. In seiner Zentrale baumelten lose Enden wie durchgeschnittene Telefonkabel.

Nicht, dass er ihr nicht leidgetan hätte. Sie hätte es nur ... manchmal vorgezogen, auf einer Station zu sein, auf der die Leute das Leben zu schätzen wussten. Oder auf gar keiner Station, sondern draußen, als Galionsfigur eines Segelschiffs, mit ausgebreiteten Armen, das Titanic-Gefühl, Leonardo DiCaprio im Rücken.

Sie zuckte die Achseln. Nun ja. Sie war eben hier, im Raucherzimmer der Station B. Wo Trübsalbläser die Party ruinierten und sie sich jetzt eine ansteckte.

Kaum hatte Franz den Raum verlassen, hatte Peter unvermittelt angefangen zu sprechen, und zwar mit sich selbst. Wie sich herausstellte, hörte er Stimmen, die anscheinend nicht erbaut über seinen Aufenthalt auf der geschlossenen Station waren. »Aber ich musste es ihnen doch sagen!«, entfuhr es ihm plötzlich. »Sonst wäre ich hopsgegangen, verdammt noch mal!« Damit sprang er auf und verließ gestikulierend das Zimmer.

Martin war von der Unterhaltung etwas ermattet. Gedanken sortieren und rauchen schien gleichzeitig nicht möglich, war man doch im Raucherzimmer, das so etwas wie das Herz der Station war, offensichtlich niemals allein. Ganz im Gegensatz zu dem, was er erwartet hatte – nämlich schweigende Zeitgenossen, die sich um sich selbst drehten –, schienen alle ganz heiß aufs Reden zu sein. Nur war alles so ... sprunghaft. Wie ging man wohl am besten mit Leuten um, die sich nicht in der Realität befanden?

Eli hatte seinen ratlosen Blick gesehen und erklärte: »Seine Stimmen schimpfen mit ihm, weil er den Schwestern auf der Offenen gesagt hat, dass er Selbstmordgedanken hat. Wenn man das sagt, kommt man sehr leicht auf die Geschlossene. Und da wollten die Stimmen nicht hin.«

»Und, ähm, er redet mit ihnen? So als wären es richtige Menschen?«, fragte Martin vorsichtig.

»Na ja, sie existieren ja richtig, für ihn jedenfalls. Vielen hilft es, wenn sie sich ihre Stimmen als Wesen aus Fleisch und Blut vorstellen, jedenfalls die lieben, die, die gute Freunde sind. Manche Stimmenhörer bezeichnen sich nicht als ›krank‹, sie hören eben etwas, Schluss. Man kriegt auch schnell raus, ob er gerade mit den Stimmen redet oder mit uns anderen. Er legt dann den Kopf auf die Seite und guckt nach innen.«

Sie erklärte weiter, dass man sich hier im Allgemeinen in Ruhe ließ. Es galt in der Klapse als extrem unhöflich, die Geschichten der anderen infrage zu stellen, egal, ob jemand Ufos sah oder sich für Napoleon hielt. Oder eben Stimmen hörte.

»Das Einzige, was man schon mal machen kann, ist genau zuhören und ein bisschen nachfragen. Man muss Fragen stellen, die alle mit einem ›W‹ wie ›warum‹ anfangen, vor allem bei den Depressiven. Und niemals darf man sofort mit der eigenen Meinung kommen. Wenn jemand nix sagt, in Ruhe lassen, auf keinen Fall bohren! Und denk dran, *wenn* jemand erst mal anfängt zu reden, hört er so schnell nicht mehr auf. Hast du ja gerade bei Franz gemerkt, dem fiel immer mehr ein, was mieser als mies war. Kann einen runterziehen. Also, öffne die Büchse der Pandora nicht grundlos.«

Eli verstummte und dachte daran, wie sie einmal nachts mit Doris ins Gespräch gekommen war: Die hatte einen der seltenen Momente gehabt, in denen sie länger als fünf Minuten still sitzen konnte, und Eli war neugierig gewesen. Also hatte sie gefragt, nach Familie, Freunden, Arbeit. Und da hatte Doris ihr wie in einem Dammbruch die ganze unendlich traurige Geschichte ihres Lebens erzählt, eine Geschichte, wie sie bei Psychiatriepatienten nicht unüblich war: Vernachlässigung, Prügel, Missbrauch, Kinderheim, Kumpane, die so haltlos waren wie sie selbst. Sie hatte Szenarien geschildert, gegen die ein Leben im Schlund der Hölle entspannend war, und nicht mehr damit aufgehört, ein Schrecken nach dem anderen. Das Licht war bleich gewesen im Raucherzimmer, die zahlreichen Kippen hatten im Hals gekratzt und überhaupt nicht mehr geschmeckt. Eli hatte in dieser Nacht und auch in der nächsten nicht schlafen können.

Martin Regener, der der blondgelockten Patientin gar nicht so viel Sensibilität zugetraut hatte, nickte.

»Ich habe auch eine Frage: Kann es tatsächlich sein, dass ich das ganze Wochenende hier drinbleiben muss? Und erst am Montag nach draußen kann?«

Oh! Eli war in ihrem Element. Sie liebte es, Neulinge unter ihre Fittiche zu nehmen.

»Tja, man bekommt Ausgang nicht so schnell. Muss man in der Visite beantragen. Erst kriegt man eins zu eins, das heißt, du gehst alleine mit einem vom Pflegepersonal raus. Dann kriegst du Ausgang in der Gruppe, gehst also mit einigen anderen zusammen und einem vom Pflegepersonal. Und dann erst kannst du, wenn alles geklappt hat und du sonst keinen Mist gebaut hast, alleine rausgehen. Dauert alles so ein paar Tage. Da haben wir also ein schönes, gemütliches Wochenende mit viel Zeit im Haus vor uns. Ich hoffe, du hast genug Tabak mitgebracht. Bisschen Schokolade wäre auch nicht schlecht.« Eli liebte Schokolade. Und Pralinen. Und Wein. Blumen. Diamanten. Nobelautos. Luxus. Luxus fehlte eindeutig in diesen Räumlichkeiten, in denen es nach Putzmitteln roch.

Ausgang erst übermorgen. Und sein Handy befand sich in den Händen von Schwester Hildegard. Martin konnte sich einen leisen Fluch nicht verkneifen.

»So dringend raus?« Eli guckte mitfühlend. »Verstehe. Man kommt sich sehr eingesperrt vor, nicht?«

»Das ist es nicht. Ich müsste mal telefonieren. Muss nicht jeder hören. Und mein Handy wurde konfisziert. Ich frage mich, wieso.«

Weil man sich nicht gegenseitig fotografieren sollte, erklärte Eli dem Neuen. Und natürlich wegen der Ruhe. Ruhe war das oberste Gebot in der Psychiatrie. Zur Ruhe kommen. Im Prinzip eine ausgezeichnete Idee, nur hatte Eli schon vor langer Zeit festgestellt, dass es völlig abwegig war, ausgerechnet hier etwas Beschaulichkeit finden zu wollen, war doch ein Geistes-Sanatorium ein Synonym für Dantes Inferno, jedenfalls was die Geräuschkulisse anging. Eli hatte es jedenfalls aufgegeben, hier auf ein wenig Schonung für ihre Nerven zu hoffen – nicht, dass sie momentan schlechte Nerven gehabt hätte. Im Gegenteil hätte man mit ihren Nerven eine ganze Kompanie Kriegsneurotiker versorgen können. Außerdem: War nicht Action das Gebot der Stunde? War ihr nicht selbst nach einem kleinen Bummel zumute? Es war Sommer, die Luft war lau und der Himmel blau. Da kam es nicht infrage, dass sie hier drin versauerte. Und: Sie hatte ihr Mobiltelefon an Schwester Hildegard vorbei wohlweislich in ihrem Zimmer versteckt. Sie lächelte Martin an.

»Lust auf einen kleinen Ausflug?«

Das Landeskrankenhaus lag am Rande der Stadt, in der Einflugschneise eines nahe gelegenen Flughafens, was den Geräuschpegel der Psychiatrie schön abrundete. (Eli saß gerne in ihrem Zimmer auf dem Bett und winkte den ankommenden Flugzeugen zu – alle, alle Passagiere kannten sie und grüßten zurück. Und war es nicht nett, dass die Flieger so hübsche grüne und rote Lichter hatten, mit denen sie ihr persönlich zublinkten?)

Wuchtige, einigermaßen düstere Gebäude in der Architektur der Gründerzeit plus Krankenpflegeschule, Kindergarten, Altenheim und Wohnhäuser für die Angestellten waren auf einem parkähnlichen Gelände verteilt. In der Mitte des Geländes lag ein Café an einem kleinen Teich. Das Haus war um 1850 erbaut worden und galt damals als vorbildliche Einrichtung. Regener wusste, dass es in den Siebzigerjahren des letzten Jahrhunderts im Zuge der Reformpsychiatrie Bestrebungen gegeben hatte, die Kliniken mitten in der Stadt zu platzieren, zu verkleinern oder sogar ganz aufzulösen. Doch dieses Vorhaben hatte sich nie ganz durchgesetzt. Die ehemaligen Psychiatriepatienten, die, einmal aufgenommen, dann praktisch ihr ganzes Leben im Krankenhaus verbracht hatten, gab es zwar nicht mehr. Dafür gab es aber immer mehr »Drehtürpatienten« – Leute, die ständig wiederkamen. Und es gab immer mehr Klienten, die in der Forensik untergebracht wurden, teilweise wegen recht geringfügiger Vergehen. Was allerdings niemanden daran hinderte, ihnen ein paar ordentliche Jährchen aufzubrummen – Jährchen, in denen die Untergebrachten nicht wussten, ob daraus Jahrzehnte werden würden.

Eli und Martin waren mit einem knappen »Eine Stunde Einzelausgang!« an der kleinen Pflegeschülerin Dorothee vorbeigeschlüpft. Die war mit den Gedanken woanders gewesen und hatte ihnen freundlich eine »gute Zeit« gewünscht. Jetzt steuerten die beiden den Kiosk an, wo sich Eli erst mal eine Zigarre zu kaufen gedachte. Und zwar eine Riesenzigarre. Eli hielt absolut nichts von Kleinkram.

Am Büdchen trafen sie zu Elis großer Freude zwei ihrer Lieblingsmitpatienten: den Kaiser von Italien und Odin, den letzten Wikinger. Man stellte einander vor. Der Kaiser namens Fabiano III., den Titel könne man weglassen, freute sich tierisch, Eli zu sehen; umso mehr, da er knapp bei Kasse war und eine Chance auf sein Leibgetränk, einen Jumbokanister Cola, gekommen sah.

»Super, dass du drin bist, Eli. Ey, hast du vielleicht mal drei Euro für mich?«

Eli verneinte. Sie war mit dem, was sie am Leibe getragen hatte, in der Klapse angekommen. Das war bekanntermaßen nicht allzu viel gewesen. Ihre Mutter hatte ihr dann das Nötigste gebracht und dabei nicht mit Ermahnungen, dafür aber mit Geld gespart, weil ihre Tochter, wie sie fand, kein Verhältnis zum Pekuniären hatte. Eli hingegen war der Meinung, ein Spitzenverhältnis zum Geld zu haben. Das nämlich war dazu da, die Leute glücklich zu machen. Und deswegen hatte sie es auch einst zum Fenster hinausgeworfen.

»Oh, Mist.« Fabiano III. schaute betreten zu Boden und fuhr fort: »Ich glaub, ich hab meinen Verstand verloren.«

»Wo hast du ihn denn zuletzt gehabt?«, fragte Eli, die praktisch veranlagt war. Der Kaiser sagte, das wisse er nicht mehr, und so schlug Eli vor, doch Fabianos Verstand zu suchen. Die versammelte Meute begab sich auf die Suche, eine Reise, die Martin so bizarr erschien wie die berühmte Reise zum weißen Kaninchen. Die Cola hatte der Monarch vergessen. Martin hütete sich, ihm zu nahe zu kommen. Eli jedoch plauderte, scherzte und lachte mit ihren Kumpanen, wobei das Gespräch in Martins Augen so wenig Sinn ergab wie eine Unterhaltung alter Saufbrüder kurz vor dem Koma.

Man ging hierhin, man ging dorthin, und schließlich trennte sich die Gesellschaft ebenso unvermittelt, wie sie sich zusammengefunden hatte. Der Kaiser und der letzte Wikinger gingen ihrer Wege, ob mit oder ohne Verstand. Eli verabschiedete beide mit einem herzhaften Kuss auf beide Wangen und klopfte Martin freundschaftlich auf die Schulter. An ihn gewandt sagte sie: »Nicht wahr, in der Irrenanstalt lernt man die verrücktesten Leute kennen. Jetzt musst du aber langsam telefonieren, Chéri. Und ich muss mir dringend noch eine Zigarre kaufen.«

39

Corinna Steier saß in ihrem Büro beim Rheinischen Echo und machte sich Sorgen. Ihr Kollege Martin Regener hatte Wochenenddienst. Er hätte längst in der Redaktion sein müssen. Es sah ihm nicht ähnlich, nicht zu erscheinen, und schon gar nicht, ohne sich zu melden. Er war pflichtbewusst, nie krank, auf ihn war Verlass. In seinem Kalender hatte sie schon nachgeschaut, dort waren keine Termine eingetragen. Erreichbar war er auch nicht. Was sollte sie tun? Als das Telefon klingelte und sie seine Stimme hörte, hatte sie gerade beschlossen, zu seiner Wohnung zu fahren.

»Du, Corinna«, sagte er, »krieg keinen Schreck, aber ... ich bin in der Psychiatrie. Landeskrankenhaus Rheinland.«

Woraufhin Corinna Steier sehr wohl umgehend einen Schreck bekam. Sogar einen ziemlich großen. Regener im Irrenhaus? Mr. Zuverlässig? Mr. Ich-schaffe-alles Martin Regener?

Der Fels in der Brandung, die Stütze des Echos? Klar, er war in letzter Zeit ein bisschen wortkarg gewesen, stiller als sonst, aber Psychiatrie? Wobei er ohnehin kein großer Redner war. Hatte er ein Burnout? Sah er grüne Männchen? Oder was tat er sonst dort? Konnte es sonst einen Grund geben, außer ...? Sie musste sich einen Moment an der Schreibtischkante abstützen, bevor sie antwortete:

»Was? Ach du Schande! Aber ... was hast du denn? Geht's dir nicht so gut? Sorry, blöde Frage ... Aber ich meine ... Was ist denn los?«

»Mir geht's gut, alles bestens, danke! Gar nichts ist los! Es ist nicht, was du denkst! Ich bin ... ich hab ... ich bin ... ich bin beruflich hier!«

Regener merkte, dass er fast in das Telefon geschrien hatte, und senkte die Stimme. »Ich ... weißt du ... ich dachte, ich sehe mir so ein Krankenhaus mal von innen an. Du weißt doch, wir hatten letztens die große Reportage über den Anstieg von Burnout-Erkrankungen, dass man kaum noch einen Termin beim Psychiater bekommt, dass die Kliniken schier überlaufen und so weiter. Und da bin ich auf die Idee gekommen, mir so ein Krankenhaus mal genauer anzusehen. Die Innensicht, verstehst du? Wie ist es in der Psychiatrie heutzutage? Wie werden Patienten eigentlich wirklich behandelt? Und so weiter.«

»Ja, aber ... aber das kommt so plötzlich, Martin. Du ... hast du denn irgendjemanden verständigt? Weiß Krüger Bescheid?«

»Nein, hab ich nicht, es war alles einigermaßen spontan, so eine Art Eingebung von mir. Krüger sollte kein Problem sein, du weißt doch, wie er ist, unser neuer Stern am Unternehmerhimmel. Der findet das ganz sicher prima mit seinem ewigen ›Wir müssen Initiative zeigen‹ und seinem ›Wir müssen dicht an den Menschen sein‹-Mantra. Tut immer so abgeklärt, aber der hätte es doch am liebsten, wenn Blut aus der Zeitung spritzt!«

Regener ertappte sich dabei, dass er schon wieder fast schrie. Er holte tief Luft. »Kannst du das vielleicht übernehmen, Corinna? Kannst du Krüger informieren, dass ich hier zum Arbeiten bin? Ich will nicht, dass er was Komisches denkt ... Sag ihm, ich mache eine ... also eine Hintergrundgeschichte aus der Psychiatrie ... Kannst du das für mich tun? Und schaffst du den Wochenenddienst auch allein?«

»Ja«, sagte Corinna Steier zögernd, »natürlich. Kommt nur alles so überraschend. Bist du sicher, dass es dir gut geht? Du warst doch mitten an einer anderen Sache dran, wer soll denn damit weitermachen? Du hast doch ohnehin schon genug zu tun gehabt ... Es wäre wirklich besser gewesen, du hättest das mit uns abgesprochen, Martin. Sieht dir auch gar nicht ähnlich, so eine spontane Aktion ...«

»Du, ich muss Schluss machen«, sagte Regener, »ich kann momentan nicht so lange raus. Übrigens gibt es bereits einen Todesfall zu vermelden. Hier ist gerade jemand verstorben.«

»Was?«, rief Corinna Steier erschrocken. »Mensch, Martin, pass bloß auf dich auf da! Und meld dich, hörst du? Ich mach mir Sorgen um dich! Ich ... äh ... soll ich dich demnächst besuchen kommen?«

»Klar melde ich mich. Ich muss jetzt wirklich Schluss machen. Wir hören voneinander, Corinna.« Damit beendete er das Gespräch.

Seine Kollegin hielt das Telefon nachdenklich in der Hand. Merkwürdig. Das sah Regener überhaupt nicht ähnlich, so eine überhastete, ungeplante Aktion. Er arbeitete langsam, aber gründlich, galt unter den Kollegen als eine Art graue Eminenz, war im Hintergrund, fehlte aber enorm, wenn er nicht da war. Er stand für Sorgfalt und gewissenhaftes journalistisches Arbeiten. Natürlich war der Druck groß, sollte mittlerweile eine Person die Arbeit von vorher dreien machen, möglichst in derselben Zeit, die die drei Leute benötigt hatten. Die Kündigung hatte man stets vor Augen, allmählich wurde es unmenschlich. Hatte Regener sich deswegen in dieses spontane Abenteuer gestürzt? Wollte er so im Konkurrenzkampf bestehen? Oder ... oder? Konnte das sein? Er wäre nicht der erste Journalist, der mit einer Depression in der Klapse landete. Und sicher nicht der Letzte.

Martin war froh, das Telefonat mit Corinna zu einem schnellen Ende gebracht zu haben. Von Weitem sah er Eli, die auf einer Bank saß und sich die Sonne ins Gesicht scheinen ließ. Er nahm den Kopf zwischen die Beine, holte tief Luft und zählte langsam bis zehn. Er mochte Corinna, aber es ging sie nichts an, dass er ... in letzter Zeit überarbeitet gewesen war. Ja, genau, überarbeitet. Das waren viele.

Zum Teufel, was war bloß los gewesen mit ihm auf der Brücke? War es das, was man einen Blackout nannte? Oder Burnout? Er war nicht verrückt, das ganz sicher nicht. Ganz sicher nicht. Doch er verstand sich selbst nicht mehr. Er war runter mit den Nerven, gestand er sich ein. Fix und fertig.

Aber ... er ... er wollte doch leben?

Aber natürlich! Ach, verdammt. Das war ein Kurzschluss gewesen, weiter nichts. Ein paar Tage ordentlich ausschlafen, dann war er wieder wie neu. Oder ganz der Alte. Ein paar Vitaminpillen, ein bisschen Sport, Augen zu und durch. Zähne zusammenbeißen. Vielleicht würde er auch mal mit einem Psychologen reden. Konnte doch wohl nicht schaden? Er hatte sich immer gefragt, was die Seelenklempner draufhatten. Half so ein Gespräch? Allerdings würde er aufpassen, musste nicht jeder alles von einem wissen. Es gab Dinge, die behielt man besser für sich. Er war der verschlossene Typ, das würde sich nicht ändern.

Im Übrigen war er ... er war an einer Reportage dran, hatte er das nicht gerade seiner Kollegin mitgeteilt? Allein die beiden schrägen Vögel, die er gerade kennengelernt hatte, waren eine halbe Seite wert. Ein Artikel aus der Psychiatrie? Lachhaft! Das würde er schon hinkriegen. Ja. Genau. Er war beruflich hier. Unter anderem jedenfalls. Aus allem das Beste machen. Einen Nachteil in einen Vorteil verwandeln. Er war immer noch Journalist. Und außerdem wollte er etwas tun. Arbeiten. Das war immer noch die beste Medizin gegen den Blues.

Er schwitzte stark.

Gott sei Dank habe ich ein Einzelzimmer, dachte Martin. Fehlte noch, dass er mit einem dieser schrägen Vögel nachts in einem Raum eingesperrt war. Seit seiner Scheidung lebte er allein, womit er bestens zurechtkam. Mit einem Wildfremden ein Schlafzimmer zu teilen wäre ihm regelrecht bizarr vorgekommen. Eli hatte erwähnt, dass man auf den offenen Stationen zusammen in Drei- oder sogar Vierbettzimmern lag: »Schlafen kannste da vergessen«, hatte sie gesagt. »Kriegste kein Auge zu.« Was Martin auf Anhieb verstanden hatte.

Es hatte Ärger gegeben, mächtigen Ärger. Die energische Hildegard Suttler, Mutter der Station, war über sie gekommen wie eine Furie auf Crystal Meth. Sie hatte ihnen eine Standpauke gehalten, mit dem Entzug sämtlicher Privilegien gedroht – welche Privilegien, hatte sich Martin gefragt – und sie auf ihre Zimmer verwiesen. Tatsächlich hatte er jetzt so etwas wie ... Stubenarrest. Saß wie ein kleiner Junge auf seinem Bett, war zum Nichtstun verdammt und wartete förmlich darauf, dass seine Mami mit einem Gute-Nacht-Kakao hereinkam.

Er fühlte sich ein wenig wie in einem seltsam unbefriedigenden Vakuum. Wie lahmgelegt, ein wenig klamm, wie in einer Zwangsjacke. Auch leer, losgelöst von allem, was bisher so wichtig gewesen war. Das war natürlich vor allem seine Arbeit gewesen, dachte er, in letzter Zeit war er kaum noch unter Leute gekommen.

Bis jetzt hatte er eigentlich nicht viel an Behandlung gesehen. Er hatte sich vorgestellt, dass man hier einfühlsam auf die kranken Menschen zuging, ausführlich mit ihnen redete, ihnen ein Programm zur Genesung andiente, kurz: dass die Psyche geheilt wurde. Doch bisher war eigentlich ... gar nichts passiert. Dr. Lorenz hatte ihn in Empfang genommen, ihm gesagt, dass man »weitersehen« werde und dass er »zur Ruhe kommen« solle. Auf Station hatte man ihm sein Zimmer gezeigt, den Essensplan ausgehändigt und gelegentlich nach dem Rechten geschaut.

Die psychisch Kranken werden doch heutzutage therapiert, hatte er gedacht, im Gegensatz zu den Anstalten früherer Tage, als eiskalte Bäder, Zwangsjacken und Drehstühle zur »Behandlung« gehörten. Andererseits – es war Wochenende, und dies war immer noch ein Krankenhaus. Sicherlich war in der Woche Therapiehochbetrieb. Und natürlich hatten sie hier momentan mit der toten Karin ganz andere Sorgen. Doch immerhin ... Sie hatten ihn von der Brücke geholt. Hätte man da nicht sofort mit Engelszungen auf ihn einreden müssen, ihn behandeln müssen wie ein rohes Ei, statt ihn allein aufs Zimmer zu schicken? Man hatte kurz nach ihm gesehen, das schon, keineswegs unfreundlich. Aber ... diese Leere ...

Natürlich war er das nicht, selbstmordgefährdet, Blödsinn, war es nie gewesen. Er hatte kurz ausgesetzt, mehr nicht. Würde nicht wieder vorkommen.

Er saß in einem Wartezimmer, dachte er. Wartete darauf, dass die schier endlose Zeit verging. Es kribbelte ihm in den Fingern, diese Zeit irgendwie totzuschlagen, aber womit? Er war gereizt, unter Strom, fast schon aggressiv, dabei seltsam desinteressiert, lustlos. Keine Lust auf gar nichts, Leere eben. Hätte er mit Fieber im Bett gelegen, zu schwach, um sich zu rühren, wäre ihm das Zuviel an Zeit nicht bewusst gewesen. Doch nun ... Er stand vom Bett auf. Setzte sich wieder hin, stand erneut auf. Grübeln brachte nichts, führte nur dazu, dass man sich das eigene Selbst zum Fraß vorwarf.

Er machte sich einen Plan: Er würde jetzt eine Stunde lang alles aufschreiben, was er bisher erlebt hatte, seine Eindrücke notieren, eine rauchen, dann wieder eine Stunde schreiben.

Vielleicht rauchte er auch sofort eine. War das Zimmer nicht ziemlich klein? Er fühlte sich am ganzen Leib unruhig. Am liebsten hätte er noch einen weiteren Spaziergang gemacht, aber er durfte ja nicht raus. Und er wollte nicht wie ein Irrer auf dem Flur auf und ab laufen. Anscheinend blieb ihm momentan nichts weiter übrig, als das zu tun, was man an einem Samstagabend in der Psychiatrie eben so tat: zur Ruhe kommen. Gar nicht so einfach, wenn die Ruhe nicht in einem selbst war.

Montag

Montagmorgen, sieben Uhr. Die Station erwachte an einem Tag, der sich anschickte, betriebsam zu werden. Montags war im Krankenhaus jede Menge los. Wochenendbesprechung, Morgenrunde, Sport, Beschäftigungstherapie und natürlich Visite.

Eli, die das ganze Programm in- und auswendig kannte und keinen Sinn für übertriebene Hektik hatte, begann den Morgen mit einem gemütlichen, lauwarmen Bad mit ordentlich Schaum und der am Samstag gekauften Riesenzigarre, die sie sich für das Bad aufgespart hatte. Natürlich war es streng verboten, im Sanitärraum zu rauchen, doch Eli hatte sich noch nie darum geschert, was in der Psychiatrie erlaubt war und was nicht. Schließlich – hatte man sie gefragt, ob sie überhaupt in derselben sein *wollte*? Nein, das hatte man nicht, genauso wenig, wie man danach fragte, ob sie die Medikamente nehmen oder am Tagesprogramm teilnehmen wolle. Diesbezüglich handelte es sich um höfliche, aber rein rhetorische Fragen, eine Art Scharade, bei der Eli insoweit mitspielte, als sie ihrerseits haargenau das tat, worauf sie gerade Lust hatte, mit verbindlichem Dank. Ein Rezept, das unweigerlich zu guter Laune führte und das man in ihren Augen der ganzen Welt verordnen sollte. In den Augen der Welt allerdings war Elis Laune ein bisschen zu gut, doch war so etwas überhaupt möglich? Konnte man zu gut gelaunt sein? Schließlich ließ doch gerade in der Psychiatrie so manch einer den Kopf hängen – war es da nicht sinnvoll, dass sie mit gutem Beispiel voranging und alles andere tat, als Trübsal zu blasen? Im Grunde genommen war sie hier doch geradezu auf einer Anti-Trübsal-Mission, dachte Eli und ließ einen Rauchkringel in die Luft steigen.

Dumm nur, dass ihre Mission im Dienste der Menschheit vom Personal nicht als solche erkannt wurde. Was sich auch jetzt wieder zeigte, als Schwester Hildegard höchstpersönlich an die Tür klopfte.

»Frau Sudfeldt, ich weiß, dass Sie da drin rauchen! Stellen Sie das sofort ein! Wir werden das gleich noch in der Visite besprechen!«

Ächz, dachte Eli. In der Psychiatrie war man leider, leider umgeben von Spaßbremsen aller Art.

Martin hatte das Wochenende vorwiegend in seinem Zimmer verbracht. Es hatte auch kaum eine andere Möglichkeit gegeben. Er hatte sich auf dem Flur ein wenig die Beine vertreten und auf dem Sitzfahrrad gestrampelt, das dort stand, war ruhelos ins Fernsehzimmer rein- und wieder rausgegangen, hatte viel geraucht. Im Raucherzimmer und bei den Mahlzeiten war er auf die anderen Patienten getroffen, wobei er versucht hatte, sie mit professioneller Neugier und Distanz zu sehen. Er hatte tatsächlich viel geschrieben, wobei er sich leider mit Papier und Bleistift hatte begnügen müssen. Vielleicht konnte er sich seinen Laptop bringen lassen? Oder würde man den genauso konfiszieren wie das Handy? Er musste schreiben – das war schon immer sein Mittel gewesen, die Welt zu verstehen. Wenn er einen Sachverhalt schwarz auf weiß vor sich sah, hatte er ihn gezähmt, hatte eine neue Ordnung geschaffen.

Er ging den Dingen gerne auf den Grund, schrieb lieber zu viel als zu wenig. »Keep it stupid simple«, mahnte Krüger dann, »du weißt doch, wie die Leute sind.« Das verstand Martin, doch er hätte liebend gern sein Brot damit verdient, umfangreiche Storys voller Details zu schreiben, Fakten über Fakten, je mehr, je besser. Zeit und Tiefe – das wünschte er sich. Doch die Welt drehte sich genau in die entgegengesetzte Richtung.

Er hatte sich die Psychiatrie anders vorgestellt, mehr so, wie man es immer im Fernsehen sah: lindgrün gestrichene Wände, öde Flure, verwahrloste Patienten, die träge durch die Gegend schlurften. Doch so war es hier nicht. Die Räume waren hell, freundlich und eingerichtet wie in einer Ikea-Musterwohnung. Und die Patienten waren ... ja, wie waren sie? Höchst unterschiedlich.

Sie waren wie Maria, ein Mädchen, das unbedingt heiraten wollte, mit ihren 18 Jahren aber noch immer nicht lesen und schreiben konnte. Sie fragte jeden, ob er ihr das beibringen könne, denn schließlich wolle sie ganz bald Kinder und denen müsse sie dann bei den Hausaufgaben helfen. Sie hatte stets ein blaues Schulheft dabei, in das sie ungelenk immer wieder ihren Namen schrieb. Die Patienten und auch die Schwestern und Pfleger versuchten, ihr das Alphabet zu erklären, doch bereits nach dem Zehntel einer Sekunde quecksilberten Marias Gedanken in alle möglichen Richtungen, und so gab einer nach dem anderen auf.

Sie waren wie Manfred, der niemandem auf der Welt vertraute außer seinem Freund aus der Schulzeit, den aber keiner außer ihm sehen konnte und mit dem er in eine ständige Unterhaltung vertieft war. Manfred legte sich stets angezogen ins Bett, damit er schnell wieder rauskam, denn man wusste ja nie ... Und wehe, man wünschte Manfred eine gute Nacht oder einen guten Tag, dann war er sauer. »Was soll denn an dem Tag gut sein?«, fragte er und guckte so mürrisch, als hätte man ihm stattdessen die Pest an den Hals gewünscht.

Sie waren wie Robert, einst ein schlanker, sportlicher Ingenieur mit einem tadellosen Vorstadtleben, einer hübschen Frau und reizenden Kindern. Eines der Kinder hatte er auf einen kleinen Fahrradausflug mitgenommen – für die kurze Strecke lohne sich der Helm nicht, hatte er gedacht. Ein Unfall, der Junge fiel auf den Kopf und musste mit zehn Jahren das Sprechen neu lernen. Die Nachbarn fingen an zu tuscheln, immer lauter, zeigten mit dem Finger auf Robert, alle miteinander, und er hörte genau, wie sie sagten, dass Gott ihn gestraft habe. Und das stimmte. Er hatte ihn gestraft, denn nun war er schon lange in der Psychiatrie. Er war auch nicht mehr schlank und sportlich, sondern so dick wie der Stamm einer Eiche, so dick, dass er nichts mehr anziehen konnte außer einem Jogginganzug, der über und über voll war mit Essensflecken. So dick, dass es sich nicht mehr lohnte, sich zu rasieren oder auch nur zu duschen. Er aß und aß und aß, und daran war Gott schuld mit seiner schweren Strafe.

Das sah auch seine Frau so, die ihn kaum noch küsste, wenn sie ihn besuchte, was ohnehin immer seltener der Fall war. Und wenn er den Kindern, die ihn noch seltener besuchten als seine Frau, etwas von seinem Essen anbot – eine Pizza oder ein Stück Kuchen –, dann kapierten die Kinder nicht, dass er ihnen damit zeigen wollte, dass er noch immer ihr Papa war, noch immer für sie sorgen konnte, obwohl er die Schuld daran trug, dass sein Kind auf den Kopf gefallen war, und sagten: »Ach, Papa.«

Sie waren wie Sumeika, eine junge Deutschtürkin, die sich verliebt hatte. In der Uni war das geschehen, und sie hatte sich einen Iren mit roten Locken und Ohrringen ausgesucht. Er sang gerne und laut im Pub und auch in der Kirche. Sumeikas Mutter hatte ihr die Liebe verboten und ihrer Tochter ein Kopftuch gekauft. Da fing das Mädchen an, Stimmen zu hören. Nun saß Sumeika stumm in der Psychiatrie und schrieb einen Brief an den Mann, den die Mutter ihr bestimmt hatte.

Und sie waren wie Matthias, ein Kerl von einem Mann, der aber doch eigentlich eine Frau war und sich gefangen fühlte in seinem Kerl-Körper. Er hatte versucht, sich in der Dusche aufzuhängen. Nie bekam er Besuch, außer von seiner Mutter, einer Frau mit einer strengen Dauerwelle, die ihm gesagt hatte, er solle nicht so viel mit den anderen Patienten reden. Wenn die beiden draußen spazieren gingen, hakte sich die Mutter fest bei ihrem Sohn ein. Der ließ stets den Kopf hängen.

Sie waren wie jedermann – sie versuchten, zurechtzukommen. Mit der Angst fertigzuwerden. Der Angst, es nicht zu schaffen, es nicht richtig zu machen, es überhaupt gar nicht zu wollen, das Leben, und es trotzdem nicht aufgeben zu können. Der Angst vor sich selbst. Der Angst vor dem Tod. Der Angst vor einem Grauen, das keinen Namen trug. Der Angst, die die Zeit und den Ort beherrschte in diesem Sommer in Deutschland. Der Angst, die sich von Jahr zu Jahr steigerte, sodass die Kliniken schier überliefen an Patienten.

Wenn sie die Angst nicht mehr aushielten, kam der Wahn. Durch den Wahn waren sie nicht ganz allein. Oder sie konnten sich für einen Augenblick entspannen. Oder sie hatten jemanden, der schuld war an allem. Der Verstand kämpfte nicht mehr länger gegen die Gefühle an – sie konnten ihren Bedürfnissen nachgeben. Wie in einem Traum veränderte sich die Logik, trat die Ratio zurück, übernahmen Empfindungen das Kommando.

Sie hörten Stimmen oder flippten aus, wenn sie sich nicht fünfzigmal am Tag die Hände waschen konnten, immer in der gleichen Weise, oder sie wuschen sich gar nicht mehr, weil in ihren Augen nichts mehr Sinn ergab. Oder aber sie waren außerordentlich gut gelaunt, so wie Eli, die strahlender Stimmung über den Flur schlenderte, für jeden ein Lächeln und ein Ohr hatte und großzügig ihre Zigaretten verteilte.

Manche erschreckten durch einen starren Blick oder einen steifen, automatenhaften Gang – beides eine Nebenwirkung der Psychopharmaka, wie Martin inzwischen wusste –, doch gefährlich wirkten sie nicht auf ihn. Sie waren nur sehr mit sich selbst beschäftigt, wie etwa die Frau, die Eli ihm augenverdrehenderweise als Doris vorgestellt hatte. Einige redeten überhaupt nicht, andere redeten ohne Pause auf jeden ein, den sie erwischen konnten.

Zurzeit redete man vor allem über eines: *die Krankheit* (Synonym für jegliche psychische Störung), Karins Tod und die Medikamente.

»So alt war die doch noch gar nicht, keine fünfzig! Das kann nur von den Pillen gekommen sein!«, hatte Naima gegrollt, eine Patientin aus dem Senegal mit einem Gesicht wie einer Landkarte und der Haltung einer Kaiserin. »Respekt! Das ist es, was wir brauchen, Respekt!« Das hatte sie mindestens fünfmal wiederholt. Dabei war sie jedes Mal aus dem Raucherraum gegangen, nur um drei Minuten später mit einem erneuten »Respekt!« wiederzukommen. Jedes Mal hatte dabei die Tür geknallt, was Eli jedes Mal zu einem Kommentar veranlasst hatte über Türen, von ihnen ausgehende Geräusche und Leute, die nicht in der Lage waren, diesbezüglich Zusammenhänge herzustellen.

Man war sich einig gewesen, dass Karins Tod mysteriös war. Sehr mysteriös. Vonseiten des Personals hatte es nur geheißen, es handele sich um einen »plötzlichen Todesfall«. Man wisse noch nicht, woran sie gestorben sei, und sie sollten sich doch bitte keine Gedanken machen. Woraufhin alle die wildesten Gedanken fabriziert hatten – man hatte die Köpfe förmlich rauchen sehen. Die Theorien waren nur so ins Kraut geschossen, von seriös – »Na ja, sie hat geraucht, war nicht die Schlankeste und hatte ein heftiges Leben« (Peter) – über spekulativ – »Es war Selbstmord! Sie wollte nicht mehr und hat einfach selbst ihr Herz angehalten durch reine Willenskraft« (Richard) – bis zu komplett abgedreht – »Das Krankenhaus will unsere Körper. Sie verarbeiten uns zu Wurst. Wir essen uns alle selber auf«. Letzteres hatte Doris eingeworfen, die sich aus Versehen gesprächsmäßig auf derselben Umlaufbahn befunden hatte wie ihre Mitpatienten und bei dieser Irrsinnsäußerung so lakonisch geguckt hatte wie Spock, der Vulkanier.

Da man nichts weiter zu tun hatte und viele Themen irgendwie von selbst entfielen (Kino, Urlaub, Familienleben), wurde der Gegenstand wieder und wieder aufgegriffen. »Ich fühl mich nicht gut, wenn hier Leute sterben«, hatte Manfred seinem unsichtbaren Freund anvertraut, war dann hinausgegangen und hatte sich lange vor die geschlossene Stationstür gestellt, sie angestarrt, als ließe sie sich durch die Macht der Gedanken öffnen. Selbst der scheue Matthias, der sonst wie ein Schatten in einer Ecke des Raucherraums stand und keinen Kontakt aufnahm, hatte einen Mitpatienten gefragt, wie viele Tabletten man eigentlich gleichzeitig nehmen könne? Er selbst nehme ganz schön viele ... Er war wieder verstummt und hatte sich ganz nah an die Wand gestellt, möglichst weit weg von den anderen. Sumeika, noch scheuer als Matthias, hatte schüchtern und stumm zu Boden gesehen.

Doris hatte abermals ihre Kollegen überrascht mit dem flüssig vorgetragenen (wenngleich ein wenig zusammenhanglosen) Statement: »Übrigens hatte die Karin einen Freund. Er hat sie geküsst, das hab ich selbst gesehen, und ihr Pralinen mitgebracht. Vielleicht war da Gift drin? Wir werden doch hier alle vergiftet, deswegen habe ich letzte Woche die Pillen nicht genommen. Dann habe ich sie alle auf einmal genommen, weil ich dachte, dann wirken sie vielleicht besser, viel hilft doch viel. Ich hatte aber danach Herzbeschwerden, mein Herz hüpfte hin und her, auf und ab, dann hab ich wieder gar keine Pillen mehr genommen, jetzt krieg ich die Tabletten gemörsert. So hat mein Herz gehüpft, guckt ihr, so ...« Sie war wild durch den Raum gehüpft, um die Beschwerden zu demonstrieren, war vor Sven Baumann, dem Schachkumpel der Mumie, zum Halten gekommen und hatte ihn nüchtern gefragt: »Ey, kann ich eine schnorren von dir?«

Der hatte sie betrachtet, noch dem Nachhall der in ordentlichem Deutsch aufgesagten Rede lauschend, und ihr eine Zigarette gegeben.

Allgemeine Skepsis hatte gegenüber den Medikamenten geherrscht: »Keine Gedanken machen ist gut«, hatte Naima gebrummt und allen verkündet, dass sie nun ihre Medikamente abzusetzen gedenke. Richard und Peter hatten eingeworfen, dass sie das auch gerne täten, sich irgendwie unwohl fühlten mit den Pillen.

Doch »absetzen, sofort« – das war nicht so einfach. Verweigerte man die Medikamente, blieb man definitiv länger in der Psychiatrie. Diesbezügliche Kriegsgeschichten hatten die Runde gemacht: Wer wann wo wie lange fixiert worden war und welche Tabletten man heutzutage einzuwerfen hatte. »Kannste nix gegen machen, gar nix«, hatte Doris beiläufig resümiert, immer noch auf demselben Planeten wie die anderen.

Ein nicht unerheblicher Groll war insbesondere bei den älteren Patienten zutage getreten und hatte sich mehr und mehr breitgemacht. »Wenn die wenigstens fragen würden, ob man das Medikament haben will, wenn man wenigstens mitentscheiden könnte! Aber nein, wir sind ja irre und ›nicht einwilligungsfähig‹ und haben alles zu schlucken und basta«, hatte Mehmet bitter gebrummt, ein Patient, der die Klinik anscheinend schon öfter von innen gesehen hatte.

Sven hatte seine Zigaretten jeweils bis auf den Stummel geraucht und sich dann ohne ein Wort vor das Spielbrett verzogen. Später auf dem Flur hatte er dann Martin seine Sicht der Dinge ausführlich dargelegt: Dass er natürlich auch eine gewisse Angst davor habe, hier Psychopharmaka einzunehmen, insbesondere da die Mitpatienten so skeptisch seien. Machten ja regelrecht Panik! Dass er aber doch sicher Behandlung brauche. Er werde sich wohl bald etwas verschreiben lassen. Wie er, Martin, das sehe? Was er eigentlich habe? Er selbst sei überarbeitet, hatte er weiter gesagt, habe auch Stress in der Familie, es sei sein erstes Mal in der Psychiatrie, hoffentlich auch sein letztes. Sie hatten sich noch eine Weile unterhalten, dann hatte sich Baumann wieder vor das Schachbrett gesetzt. Martin hatte ihm nicht ohne Sympathie hinterhergesehen.

Eli hatte sich aus allem rausgehalten. Schließlich stand ohnehin fest, dass sie nicht im Geringsten krank war, entsprechend keine Medikamente nehmen musste und daher sehr bald einfach hier rausspazieren würde.

Martin hatte bislang kaum eine Meinung über Psychopharmaka – er hatte bisher überhaupt nicht viel Berührung mit der Psychiatrie gehabt. Mehr oder weniger wusste er das, was in den Medien berichtet wurde: Gustl Mollath, Anstieg von Burnout-Erkrankungen und Depressionen, Gewalttaten von psychisch Kranken. Wenn er bisher über die Psychiatrie nachgedacht hatte, hatte er sich entweder einen gespenstischen Ort vorgestellt, an dem niemand sein wollte, oder aber eine Art Wellnessoase für gestresste Manager mit Achtsamkeitsdefizitstörungen. Doch weder das eine noch das andere traf zu.

Es war vor allem ein Ort, an dem niemand so recht die Gepflogenheiten und Sitten zu kennen schien. Es war ein Krankenhaus, natürlich, mit Betten, mit Pflegepersonal und mit Ärzten. Doch anders als in einem Haus, in dem der Körper behandelt wurde, waren hier die Regeln offensichtlich unklar. Die Patienten gingen ziellos hierhin und dorthin, hingen im Raucherraum ab oder im Fernsehzimmer und schlugen die Zeit tot. Man wusste nicht so recht etwas mit sich anzufangen. Man wartete auf Heilung, wusste aber nicht, wie und durch was diese eintreten sollte. Fühlte sich unbehaglich. Aus dem Rahmen gefallen. Die Außenwelt mit ihren klar definierten Vorgaben existierte nicht mehr – wie verhielt man sich also?

Was war eigentlich »normal« in einem Irrenhaus, was verstand sich von selbst, kurz, wie verhielt man sich an einem Ort, an dem nichts und niemand normal war? Martin hatte sich dabei ertappt, dass er sich Mühe gab, so zurechnungsfähig wie möglich aufzutreten.

Was er von Zwangsbehandlung halten sollte, wusste er nicht so recht. Wenn der Wahn die Wirklichkeit übernahm, wenn die Realität verschwand, sollte man dann überhaupt behandelt werden? Zwangsweise an einen Ort gebracht werden, wo genau das geschah? Bevor man anderen schadete, auf jeden Fall, dachte er. Aber auch, bevor man sich selbst schadete? Die Patienten hatten erzählt, wie das manchmal war: Man saß in der Wohnung, hörte mehr oder weniger laut Musik, klopfte vielleicht mit den Füßen im Takt dazu auf den Boden. Und dann: Zack! Polizei, die einen sonst wohin verfrachten wollte. Martin hatte das nicht glauben können, aber Doris hatte gesagt, dass das bei ihr schon unzählige Male so gewesen sei. Nun ja, Doris ... Aber auch Naima und Eli hatten versichert, dass der Anlass für eine Zwangseinweisung manchmal nichtig war – wenn man eine entsprechende Vorgeschichte hatte.

Martin selbst wurde nicht gern zu etwas gezwungen, ganz gleich, was es war. Unabhängigkeit war sein Credo. Schon früh hatte er sich auf eigene Füße gestellt und konnte sich kaum vorstellen, wie es sein musste, wenn man anderen Personen derart ausgeliefert war, wenn fremde Menschen das eigene Schicksal bestimmen konnten. Ein Patient hatte sogar empört von einer Zwangsknebelung berichtet.

Das war natürlich barbarisch. Aber wenn die Patienten die Medikamente nicht freiwillig nahmen, vielleicht sogar tobten oder sich selbst schadeten – irgendetwas musste man doch tun, oder? Wenn man krank war, nahm man Medizin, so einfach war das. Und es war doch ein Segen, dachte Martin, dass es überhaupt Mittel gegen Halluzinationen und Wahnvorstellungen gab. Natürlich würde er selbst nichts einnehmen, er gehörte schließlich nicht hierhin, auf die geschlossene Station, wo der Wahnsinn so offen zutage trat. Er war definitiv nicht verrückt. Eigentlich fast nicht mal ein Patient, dachte er im Stillen, ein wenig trotzig.

Ja, er hatte einen schwachen Moment gehabt, aber eigentlich war es ihm doch nur um ein bisschen Zeit für sich selbst gegangen, um eine Pause, eine Auszeit. Und er schrieb doch nach wie vor, genauso wie sonst auch. Er war Reporter. Das mit der Geschlossenen kam ihm wirklich übertrieben vor. Warum hatten sie ihn bloß hierherverfrachtet? Auf der Offenen würde er sicher andere Leute treffen, hätte mehr Ruhe. Vielleicht behandelte man dort mit Yoga oder Entspannungsübungen? Ein leichtes Beruhigungsmittel, das käme allenfalls infrage, aber dann war für ihn Schluss.

Wenn er wirklich einen Artikel aus seinem Aufenthalt hier machte, musste er natürlich recherchieren, was es mit den Psychopillen auf sich hatte. Wäre tatsächlich interessant, so eine Innensicht. Oder ein kleiner Pharmaskandal? Er hatte nur ... so wenig Lust. Wenn er nur nicht so müde wäre, so wahnsinnig müde und kaputt. Wenn der Kopf nicht so schwer wäre, so dumpf. Wann hatte er sich das letzte Mal frisch gefühlt, ausgeruht? Er wünschte, er würde noch einmal morgens wach und wollte Bäume ausreißen. Wenn es eine Baumausreiß-Pille gäbe – die würde er nehmen.

Egal. Es gab etwas zu tun. Es gab immer etwas zu tun. Das würde helfen.

Von den Diskussionen um Karin und die Medikamente abgesehen, war das Wochenende ereignislos verlaufen. Man hatte ordentliche Mengen Kaffee in sich hineingeschüttet – »richtigen« Kaffee, den die Patienten sich selbst kauften, da der Stationskaffee, eine koffeinfreie Plörre, in ihren Augen zu nichts taugte. Und man hatte geraucht. Für manche Patienten – die sogenannten »chronisch Kranken« – war die Zigarette alles, was sie noch hatten, der einzige kleine Luxus. Sie lebten in der Psychiatrie, ob drinnen oder draußen. Draußen lebten sie in einem Wohnheim oder im betreuten Wohnen und arbeiteten in einer Behindertenwerkstatt oder verbrachten ihre Freizeit in einer Tagesstätte, wo sie andere psychisch Kranke trafen. Sie waren an der Armutsgrenze und konnten von ihrer Sozialhilfe oder kleinen Rente keine großen Sprünge machen. Doch sie rauchten wie die Hochöfen. Zigaretten und Kaffee, das war die Währung der Psychiatrie.

Passiert war am Wochenende – nichts. Doch nun, am Montagmorgen kurz vor dem Frühstück, änderte sich das.

Rufe waren zu hören, Fußtrappeln, es war unruhig. Auf dem Stationsflur, einem lang gezogenen Gang, der zu den Zimmern führte, hielten einige Pfleger Mehmet fest. Der schrie laut: »Ihr Schweine! Lasst mich los! Hilfe! Hilfe ...! Loslassen!«

Von irgendwoher tauchte ein Bett auf, in das der Mann nun verfrachtet wurde. An dem Bett waren breite Gurte befestigt, die zum Fesseln von Händen und Füßen gedacht waren. Mehmet wehrte sich aus Leibeskräften, doch er hatte keine Chance.

Regener war geschockt. »Was ist das denn?«, fragte er Eli leise.

»Tja. Schätze, der wird fixiert. Hat wohl seine Medikamente nicht genommen.«

»Und jetzt wird er ans Bett gefesselt? Aber die können ihn doch deswegen nicht einfach festbinden!«

»Doch«, sagte Eli, »doch, das können die. Hab ich dir schon mal gesagt. Wenn du die Medikamente nicht nimmst und dann in irgendeiner Form auffällig oder gewalttätig bist, kannst du fixiert werden. Oder isoliert. Und ohne Medikamente bleibst du unter Umständen eine Ewigkeit hier. Man geht nämlich dann davon aus, dass du nicht ›krankheitseinsichtig‹ bist. Erst wenn du erkennst, dass du schwer einen an der Birne hast, und dich behandeln lassen willst, kommst du hier wieder raus.«

»Hm.« Regener überlegte. »Und wie ist es«, fragte er schließlich, »wenn man nur ein bestimmtes Medikament nicht nehmen will? So wie Naima, die das LantatrinCeta absetzen möchte?«

»Oh, das kann man schon machen. Da lassen die mit sich reden. Wenn du das Mittel nicht verträgst zum Beispiel oder komische Nebenwirkungen kriegst, kann man sich was anderes geben lassen. Aber gar keins – das geht nicht. Beziehungsweise dann versauert man hier, wenn man Pech hat. Oder kommt sonst wohin, was noch schlimmer ist.«

Regener betrachtete die Szene. Mehmet war mittlerweile gefesselt und schrie nicht mehr, stöhnte aber so laut, dass es Regener durch Mark und Bein ging. Er wurde nun rasch in ein Zimmer gerollt.

»Verstehe. Und was geschieht jetzt mit dem armen Kerl?«

Der Journalist stand auf und ging ein paar Schritte hin und her. Fast konnte er Fesseln am eigenen Leib spüren.

»Der? Der bleibt jetzt erst mal eine Weile im Wachzimmer. Splendid Isolation. Zeit, ›zur Ruhe zu kommen‹.« Eli hob sarkastisch die Brauen und malte Anführungszeichen in die Luft.

Alle grübelten eine Weile still vor sich hin. Dann brach Richard das Schweigen.

»Ich weiß echt nicht, warum sie den fixiert haben. Das ist doch ein ganz ruhiger Vertreter. Wollte nur keine Pillen nehmen. Hat gemeint, dass die ihn matschig machen.«

Er nestelte an seinem Kopf, schob sich den Verband zurecht und wechselte einen Blick mit Sven, der gedankenverloren rauchte.

»Was ... äh ... hat der denn?«, fragte Regener vorsichtig.

»Keine Ahnung«, sagte Richard, »der ist sogar freiwillig hier.«

»Freiwillig auf der Geschlossenen?« Eli guckte ungläubig.

»Ja. Der war zuerst oben auf der Offenen, hat aber Selbstmordgedanken gekriegt. Da haben sie ihn verlegt. Muss depressiv sein.«

»Depressiv und dann Fixierung? Kann ich mir nicht vorstellen …« Eli sprach mit der Fachkunde einer mit allen Wassern gewaschenen Dauerpatientin.

»Wieso nicht?«, widersprach Richard. »Wenn du dich selbst verletzt? Ich kannte mal ein paar Borderlinerinnen, ist lange her, alles junge Mädchen, die haben sich gegenseitig mit Rasierklingenschlucken angesteckt. Da war was los, die wurden alle paar Augenblicke abtransportiert in die Chirurgie, zur OP. Danach kamen sie wieder zurück, vollfixiert.« Richard hielt inne und schien einen Augenblick über seine eigenen Verletzungen nachzudenken.

»Ja, schon«, meinte Eli nachdenklich, »aber normalerweise bist du doch zu fertig, um dir was anzutun, wenn du depressiv bist …«

»Wenn du ein Medikament hast, das dich aktiv macht, nicht«, erwiderte Richard. »Nur, wenn du eins hast, das dich verlangsamt. Mehmet hat gemeint, dass er von den Pillen erst recht Selbstmordgedanken kriegt und dass sie ihn außerdem dumm machen. Er hat im Internet gelesen, dass das Gehirn davon schrumpfen kann. Er wollte mehr Psychotherapie und so, keine Medikamente. Dauernd hat er davon angefangen, scheint auch ganz schön aggro geworden zu sein dabei. Armer Kerl. Kann auch sein, dass er versucht hat, sich was anzutun. Hoffe bloß, dass sie ihn bald wieder rauslassen.«

»Hoffe ich auch«, flüsterte Regener, der Mehmets Stöhnen kaum aus seinen Gedanken verbannen konnte.

»Ich auch«, stimmte Eli seelenvoll mit ein und legte gemütlich die Füße auf den Tisch. »Wenn sie ihm noch einen ordentlichen Drink gegeben hätten! Davon schrumpft das Gehirn auch, aber man hat wenigstens Spaß dabei!«

Nach dem Frühstück, das für Eli aus zwei weiteren Kippen bestanden hatte, saßen die Patienten bei der Morgenrunde. Knapp zwanzig Leute verteilten sich um den Tisch, dazu kamen das Pflegepersonal und Ärzte. An bekannten Gesichtern entdeckte Regener natürlich Eli, außerdem Doris, Naima, Peter, Richard mit seinen Verbänden um den Kopf, dessen Kumpel Sven und einige andere, die er schon auf der Station gesehen, mit denen er aber noch nicht gesprochen hatte. Pfleger Ebermann eröffnete freundlich das Gespräch.

»Guten Morgen. Willkommen in der Runde. Ich sehe einige neue Gesichter unter Ihnen, die ich recht herzlich begrüße. Ich hoffe, es geht Ihnen gut und Sie haben gut geschlafen. Dies ist die Morgenrunde, die jeden Tag stattfindet und in der Sie uns kurz eine Rückmeldung geben, wie es Ihnen geht. Im Anschluss daran findet die Visite statt. Dort haben Sie Gelegenheit, ein wenig ausführlicher über Ihr Befinden zu sprechen. Wir müssen heute außerdem über ein einigermaßen heikles Thema reden – Sie haben ja alle erlebt, dass wir Herrn Yilmaz fixieren mussten. Wir möchten gerne mit Ihnen über Ihre diesbezüglichen Gefühle sprechen.«

Sofort fühlte Eli den tiefen Wunsch, ihre Meinung über Fixierungen mitzuteilen, die sie als Relikt des Mittelalters empfand, und hob mit der ihr eigenen Verve zu sprechen an. Doch sofort wurde sie von Ebermann gebremst.

»Später, Frau Sudfeldt, später. Wir haben außerdem noch über Ihren kleinen Ausflug zu sprechen, den Sie gemeinsam mit Herrn Regener unternommen haben. Wir werden das sicher gleich in der Visite klären.«

Bei diesen letzten Worten bedachte er Martin mit demselben tadelnden Blick, mit dem er eben noch Eli gestraft hatte.

Der Journalist war irritiert. Einerseits das in seinen Augen dringend notwendige Gesprächsangebot – die Fixierung hatte tatsächlich schrecklich ausgesehen –, andererseits die Zurechtweisung. Sollten sie nun zur Fixierung Stellung nehmen oder sollten sie nicht? Oder hatte es vielleicht sogar Konsequenzen, wenn man sich negativ äußerte? Die Patienten jedenfalls wollten nicht so richtig mit der Sprache rausrücken. Man hielt sich bedeckt, sprach nicht groß über seine Gefühle, sondern höchstens darüber, wie man geschlafen hatte, oder fragte an, wann man denn auf die Offene verlegt werden könne. Vielleicht war auch manch einem die Runde zu groß, war der eine oder andere auch zu schüchtern?

Mit ebendiesem Geplätscher verging die Zeit, ohne dass viel dabei rumgekommen wäre.

Nach der Morgenrunde machten sich die Patienten allerdings im Raucherzimmer Luft.

»Das ist doch sowieso der letzte Mist, diese beschissenen Fixierungen! Das hat man vielleicht vor hundert Jahren so gemacht, aber doch nicht mehr heutzutage! Wo leben wir eigentlich? Wir sind doch ganz normale Menschen! Und dann wollen die auch noch unsere Meinung dazu hören, was erwarten die denn? ›Danke, ich liege gern gefesselt im Bett und werde von jedermann angeglotzt‹? Mann!« Ganz gegen seine Gewohnheit war Peter reichlich aufgebracht und hieb sogar mit der Faust auf den Tisch, wobei eine ordentliche Portion Asche von seiner Kippe abfiel.

»Genau, die wollen auch noch hören, dass wir da natürlich mit einverstanden sind und alles einsehen, dass wir ja sooo krank sind, dass man uns ans Bett ketten muss! Ich könnte in die Ecke kotzen!«, sagte Manfred hörbar in die Runde. Eli sah erstaunt auf und suchte unwillkürlich Manfreds unsichtbaren Freund.

Aha, dachte Martin. So war das also. Offenbar trauten beide Seiten einander nicht so recht über den Weg. Immerhin war die Psychiatrie nicht nur ein Haus zur Heilung der Kranken, sondern diente auch dazu, dieselben von der Gesellschaft fernzuhalten. Die Patienten der Station B waren keine Straftäter, sie hatten sich nichts zuschulden kommen lassen – doch behielt man im Hinterkopf, dass sie im Wahn sich oder andere gefährden könnten. Ein gewisses Misstrauen, eine Vorsicht seitens des Personals, war mehr oder weniger unterschwellig zu spüren. Die Patienten wurden stark reglementiert und auch zurechtgewiesen. Sie wurden im Grunde so behandelt wie kleine Kinder, in ein starres Korsett gezwängt, so als wollte man den zerrütteten Verstand »eingipsen« wie andernorts eben das gebrochene Bein. Martin fragte sich allerdings, ob diese Art von Behandlung tatsächlich hilfreich war oder ob die Bevormundung nicht vielmehr schadete. Immerhin sollten die Patienten die Klinik doch als mündige Menschen verlassen.

Auf jeden Fall musste er selbst zusehen, dass er so schnell wie möglich auf die offene Station verlegt wurde. Ihm wurde langsam der Kragen eng auf der Geschlossenen mit ihren Verboten und Geboten. Außerdem – auch wenn er es nur ungern vor sich selbst zugab – waren ihm auch die Mitpatienten ein wenig zu sehr ... in ihrer eigenen Welt.

Doris zum Beispiel verkündete gerade, dass man sie gern opfern könne, sie wolle sich der Menschheit zur Verfügung stellen, damit, wie sie sagte, »die Tiere sich freuen können«. Die Patienten, ähnlich wie die englische Königin gewohnt, über Ausfälle exzentrischer Mitmenschen einfach hinwegzusehen, kommentierten das nicht weiter.

Martin ging in sein Zimmer, um vor der Visite noch eine halbe Stunde schreiben zu können. Doch kaum hatte er angefangen, als Baumann anklopfte.

»Telefon für dich.«

Martin ging auf den Flur. Es war Corinna.

»Wie geht es dir? Hast du dich ein bisschen eingelebt? Geht es dir gut? Wie ist es denn dort? Sind die Leute okay? Mensch, ich finde es wahnsinnig mutig von dir, dass du dich dahin wagst, aber ... ich weiß nicht ... hast du das auch alles gut vorbereitet? Wie fühlst du dich? Ist doch bestimmt nicht ganz einfach, sich auf die Situation einzustellen, und du hattest doch auch so schon genug zu tun und ...«

Corinna legte eine Gedankenpause ein, doch bevor Martin etwas sagen konnte, redete sie schon weiter:

»Übrigens, es ist was Komisches passiert ... Krüger hat gesagt, vielleicht trifft es sich gut, dass du gerade dort in der Klinik bist. Wir haben einen anonymen Tipp bekommen. Du hast doch gesagt, ihr hättet einen Toten dort, nicht? Also, unser Informant hat behauptet, im Rheinland gäbe es geheime Medikamententests. Er sagt, illegal wird ein Medikament getestet, und zwar soll dabei ein Medikament mit einem komplizierten Namen – hm ... irgendwas mit L ... Lantatrin oder so, jedenfalls ein Antidepressivum – angeblich gegen etwas anderes ausgetauscht werden, ein neues Präparat einer Pharmafirma. Die wollen rauskriegen, wie und ob das Mittel wirkt, und zwar bevor sie eine regelrechte Studie in Auftrag geben.«

Corinna Steier holte kurz Luft, bevor sie weiterredete: »Keine Ahnung, ob da was dran ist, vielleicht ist es der übliche Spinner, wir kriegen ja haufenweise irre wichtige Hinweise, denen wir unbedingt nachgehen sollen, aber regelrechte Pharmastudien sind jedenfalls aufwendig, lang und teuer, das kostet viel Zeit und Geld. Die Firma will angeblich sparen, das ganze Verfahren abkürzen und es deswegen vorab testen ... Ich kann es mir zwar nicht vorstellen, aber halte doch mal die Augen auf und ...«

»Kleinen Moment, Corinna. Ich bin hier auf dem Flur der Station, am Patiententelefon, da hört jeder mit. Vielleicht kann ich dich nachher auf dem Handy anrufen. Wir haben jetzt gleich Visite und ...«

»Okay, klar, ruf mich nachher an. Sei aber ganz vorsichtig, Martin. Sollst du selbst eigentlich auch Medikamente nehmen? Lass dir nichts verschreiben! Ist dort eigentlich ein Arzt eingeweiht, dass du vom Echo kommst? Mit Psychopharmaka ist nicht zu spaßen, das ist kein Aspirin oder Hustensaft. Ganz ehrlich: Ich hab bei der ganzen Sache überhaupt kein gutes Gefühl. Es gefällt mir gar nicht, dass du da so ganz allein bist, das kommt mir auch alles reichlich überstürzt vor, die ganze Geschichte! Krüger hat zwar gemeint, wir sollten da unbedingt am Ball bleiben, aber du weißt ja, wie er ist, sieht überall die Riesen-Schlagzeile. Ich glaube zwar nicht, dass da was Seltsames läuft, Leute sterben nun mal in Krankenhäusern, und ach – das ist doch alles ganz unwahrscheinlich, ich glaube nicht an solche Zufälle. Aber, Martin, so ein Aufenthalt in der Psychiatrie kann einem sicher an die Nieren gehen. Da sind Leute, denen es richtig schlecht geht ...«

Corinna ließ die Worte in der Luft hängen.

»Ja, also immer mit der Ruhe, Corinna. Und ich nehme momentan gar keine Medikamente. Das bespricht man alles in der Visite. Du, wie gesagt, die beginnt jetzt gleich – ich rufe dich später noch mal an!«

Damit legte Martin auf und ging zurück in sein Zimmer. Dort setzte er sich aufs Bett und dachte nach. Versuchte es zumindest. LantatrinCetaMX – so hieß doch das Mittel, das Karin bekommen hatte? Davon hatte doch Richard am Samstag gesprochen, oder? Fakten konnte er sich normalerweise gut einprägen, aber jetzt konnte er sich so schlecht erinnern, verdammt, hatte Konzentrationsprobleme in letzter Zeit. Das musste aufhören, sonst konnte er gleich kündigen und von der Stütze leben.

Wäre ja ein Ding, wenn hier was Kriminelles liefe. Das hatte er ... ja schließlich vorgehabt, nicht, als er ... da auf der Brücke saß: Er wollte einen Knüller aus der Welt der Irrenanstalten bringen. Genau. Genau das war es, was er gewollt hatte. Konnte man sich jedenfalls einreden. Wenn man fest genug dran glaubte. Man musste nur an die eigene Legende glauben. Ach Quatsch, wem wollte er was vormachen, sich selbst etwa? Er ließ die Schultern sinken. Es ging ihm nicht besonders, okay. Okay, es ging ihm *überhaupt* nicht besonders. Dann straffte er die Schultern wieder. *Die Story* hatte er immer gewollt. Er hatte doch den Bogen raus, hatte er immer gehabt, konnte es doch.

Ja, Mann, er hatte einen Moralischen gehabt, war ins Grübeln gekommen, als er da ins dunkle Wasser geschaut hatte ... das war doch ... normal, nicht? Hatte doch jeder mal, einen schwachen Augenblick! Jetzt musste er jedenfalls ... weitermachen. Er war Martin Regener, Journalist beim Rheinischen Echo, keine verkrachte Existenz. Und, wer weiß, wer weiß, vielleicht einer Sache auf der Spur. Man musste einfach nur daran glauben.

Die Visite am Montag war in der Regel Chefarztvisite. Doch Frau Dr. Naumann gab sich heute nicht die Ehre, und so bestand das Gefolge, das nun zügig durch die Zimmer marschierte, aus dem Oberarzt Dr. Steinfels, dem Stationsarzt Dr. Lorenz, einer Ärztin im Praktikum, Dr. Karani, Ergotherapeutin Marianne Ewer-Steiniger sowie diversen Schwestern und Pflegern. Viele Patienten legten sich vorher zurecht, was sie ansprechen wollten, schrieben es sogar auf, um nur ja nichts zu vergessen – und schauten dann doch oftmals wehmütig den wegeilenden Ärzten hinterher, den Zettel mit ihren Stichworten noch immer in der Hand, und dem Gedanken: »Hab irgendwie nicht das Richtige gesagt ...«

Martin war nervös. Er hatte vor der Konsultation noch schnell eine geraucht. Seine Gedanken kreisten um das Telefonat mit Corinna und um Karin. Sie hatte tatsächlich LantatrinCetaMX bekommen – Eli mit ihrem tadellosen Gedächtnis hatte sich genau darin erinnern können.

Und was, wenn er, Martin Regener, sich das Mittel selbst verschreiben ließe? Natürlich würde er nichts einnehmen. Er würde die Pillen nach draußen schmuggeln und untersuchen lassen. Stellte sich heraus, dass das Klinik-Präparat nicht mit dem Original-Medikament identisch war ... nun, dann hätte Krüger einen Aufhänger, nicht? Natürlich war das alles vollkommen unwahrscheinlich, so einen Zufall gab's gar nicht, mal abgesehen von der Sache selbst, illegale Tests – niemals, das war sicher Spinnerei. Aber mit irgendetwas musste man sich doch beschäftigen hier ... Er war so ruhelos, musste irgendwie die Zeit rumkriegen, seinen Kopf beschäftigen, das Grübeln abstellen.

Und wenn da was dran wäre, nur mal für einen Augenblick angenommen: Er selbst wäre dann ein gemachter Mann, sein Arbeitsplatz wäre fürs Erste sicher, vielleicht könnte er sich sogar wegbewerben vom Echo, diesem Provinzblatt. Und er musste schließlich arbeiten! Ruhe war gut und schön, wenn man sie sich leisten konnte, aber er war nun mal nicht der Typ, der Däumchen drehte. Müßiggang war aller Laster Anfang! Wer Kummer hatte, griff entweder zur Flasche, ließ sich hängen, ging kaputt oder landete erst recht einen Erfolg! Vielleicht war das ein Riesending. Seine Story. Es wäre eine einzige Schweinerei, wenn es wirklich stimmte mit dem vertauschten Medikament, die Leute hier hatten doch niemanden, brauchten einen wie ihn, der sich zu ihrem Anwalt machte.

Er konnte schließlich was, er war jemand, war nicht so wie die Nobodys hier. Und er fühlte ja bereits, wie er in Schwung kam, wie er Lust auf die Geschichte kriegte, wie er wieder denken konnte, spürte das Kribbeln, die Aufregung. Oder war er ein altes Zirkuspferd, das den Knall der Peitsche hört und nicht anders kann, als im Kreis herumzulaufen?

Martin hatte Eli gefragt, ob man sich ein bestimmtes Mittel verschreiben lassen konnte. Sie hatte ihm zu einer Strategie der vertrauensvollen Anlehnung geraten.

»Ärzte haben nicht so gerne mit schwierigen Patienten zu tun. Wenn du dich aber brav stellst – ›bin ja so krank ... nur Sie können mir helfen, Herr Doktor ... hab schon so viel Gutes von dem Mittel gehört ... brauche dringend Hilfe ...‹ –, dann kriegst du alles, was du willst. Wirst schon sehen. Nur mal so aus Neugier: Welche Pille soll es denn sein für dich?«

»Ähm. LantatrinCeta vielleicht, gegen Depressionen, das nehmen ja viele hier«, hatte er sich vorgewagt.

»Lantatrin? Das Zeug, das Karin genommen hat? Die Karin, die nunmehr mausetot ist? Geht mich ja nichts an, aber wenn du Selbstmord begehen willst, da gibt's einfachere Methoden.«

Damit hatte sie ihre Zigarette ausgedrückt, ihn von oben bis unten gemustert und war aus dem Raum gefegt, um sich vor der Visite ein wenig auf Vordermann zu bringen. »Kann nicht schaden, wenn die gleich sehen, wen sie vor sich haben«, hatte sie hocherhobenen Hauptes erklärt.

Nun saß der selbst ernannte Undercoverjournalist auf seinem Bett. Er musste gleich überzeugend darlegen, dass er depressiv war.

Kein Problem, dachte er. Er hatte am Wochenende ein wenig Zeit mit Franz verbracht, der dabei war, die interne Klinik-Grübelmeisterschaft zu gewinnen. Dabei hatte er festgestellt, das Franz' Denken stets in spiralförmigen Kreisen von schlecht nach schlechter trudelte, bis schließlich nur noch ein einziger Ausweg blieb: der Suizid. Martin hatte das sehr leidgetan, und er hatte redlich versucht, den armen Kerl ein wenig aufzuhellen, doch der hatte alle Aufmunterungsversuche mit einem »Ja, aber« gekontert und war nur noch tiefer in sein Unglück gestürzt, sodass Martin es schließlich aufgegeben hatte. Er hatte einfach nicht gewusst, wie man am besten mit Franz redete, und wenn er ehrlich war, hatte ihn das Ganze auch zu sehr runtergezogen.

Auf jeden Fall konnte man sich von dem eine Scheibe abschneiden, was Depressivsein anging, und so setzte sich Martin aufs Bett, ließ den Kopf hängen und versuchte, steinern zu gucken. Dann noch mit leiser Stimme kaum etwas sagen, nahm er sich vor, und auf jeden Fall Blickkontakt vermeiden – fertig.

Da rauschte auch schon das Ärzte-Geschwader samt Pflegepersonal herein.

»Herr Regener. Was können wir für Sie tun?«

»Ach ... Ich weiß es nicht ... Ich fühle mich so schlecht ...« Gesenkter Blick.

»Hm, hm. Haben Sie noch Selbstmordgedanken?«

»Ich weiß nicht ... Ja, glaub schon ... Wäre besser, ich wäre tot, glaub ich ...« Leises Flüstern.

Die Ärzte stellten noch einige Fragen, etwa ob er appetitlos sei, wie es um seinen Schlaf bestellt sei und ob er sich zutraue, zu arbeiten. Wie bei Franz gesehen, beantwortete Regener alles mit »Irgendwie wird's immer schlimmer« und ließ den Kopf hängen.

Der Oberarzt schaute ihn eindringlich an und sagte: »Sie haben eine Depression, Herr Regener. Das behandelt man medikamentös und gegebenenfalls mit Psychotherapie. Zunächst einmal sollten Sie hier bei uns zur Ruhe kommen, dann sehen wir weiter. In einigen Tagen kann man Sie sicher auf die offene Station verlegen, den Unterbringungsbeschluss wandeln wir dann mit Ihrem Einverständnis in einen freiwilligen Aufenthalt um. Allerdings müssen Sie sich hier schon an die Stationsregeln halten. Also bitte nicht einfach ausbüchsen wie am Samstag, wir möchten hier auf der geschützten Station wissen, wo unsere Patienten sind und was sie machen. Diese Regeln haben ihren Sinn. Also, zunächst haben Sie Ausgang eins zu eins, dann in der Gruppe, und dann geht es immer weiter aufwärts. Und ich verschreibe Ihnen ein Antidepressivum namens LantatrinCetaMX. Dreimal eine Tablette, Sie werden sehen, dass sich Ihre Stimmung hebt. Gute Besserung!«

Damit klopfte ihm Dr. Steinfels auf die Schulter und entschwand mitsamt Gefolge.

Das hat geklappt, dachte Martin, und: Ich bin wieder im Spiel. Dem Journalistenspiel. Dumm nur, dass er tatsächlich appetitlos war. Zu nichts rechte Lust hatte. Sich niedergeschlagen fühlte.

Aber jetzt hatte er ja: eine Story.

Elis Visite war nicht günstig verlaufen. Gar nicht günstig. Und sie wusste nicht, woran das lag. Entspannt wie eine Millionärsgattin auf der Massagebank hatte sie auf ihrem Bett gelegen und mit den Zehen gewackelt. Das machte sie gerne, insbesondere im Zusammenhang mit philosophischen Überlegungen und einem geistigen Getränk. In Ermangelung desselben hatte ein Kaffee genügen müssen, was Elis guter Laune aber keinen Abbruch getan hatte. Kurz: Sie war ein Sinnbild für Ausgeglichenheit und Nervenstärke gewesen.

Und dann das: Dr. Steinfels hatte überhaupt nichts gesagt. Das Reden hatte er Dr. Lorenz überlassen. Der hatte mit ihr über Medikamente gesprochen, besser gesagt, er hatte ihr eindringlich ihre nähere und fernere Zukunft vor Augen geführt, die sich in eine finstere Hölle verwandeln würde, falls sie nicht augenblicklich bei ihrer Genesung kooperierte. »Sie wissen, dass Sie Ihre Tabletten nehmen müssen, Frau Sudfeldt. Wollen Sie nicht gesund werden? Wollen Sie für immer bei uns bleiben? Im äußersten Fall käme auch eine Einweisung in ein Wohnheim in Betracht.«

Weiter hatte er ihr auf seine kühle Art mitgeteilt, dass gegen sie nun ein Betreuungsverfahren eingeleitet worden sei, und zwar im Zusammenhang mit ihrem kleinen Ausflug am Samstag. Man müsse sich auf die Patienten verlassen können, und das sei bei ihr nicht der Fall. »Das haben wir schon bei Ihren vergangenen Aufenthalten hier festgestellt, Frau Sudfeldt!« Ein Gutachter sei einbestellt worden und werde sie bald in Augenschein nehmen. Sie bleibe ja ohnehin sicher noch eine Weile im

Haus, wie lange, sei ungewiss. »Hängt natürlich auch von Ihnen ab!«

Das Pflegepersonal hatte sie mitfühlend angeblickt, abgesehen vom unsympathischen Pfleger Weber, der Eli schon immer auf dem Kieker gehabt hatte.

Das alles war Eli für etwa fünf Minuten aufs Gemüt geschlagen. Zwar hatte sie danach weiter mit den Zehen wackeln wollen, doch der Kaffee hatte nicht mehr ausgereicht. Vielmehr benötigte sie nun dringend einen kleinen Paff, und so hatte sie sich ins Raucherzimmer verfügt und dort die Beine hochgelegt. Nicht, dass sie sich ärgerte – Ärger war ihr momentan so fern wie der Mount Everest dem Fußlahmen –, doch sie wunderte sich.

Denn erstens war sie geistig so gesund wie Buddha höchstpersönlich. Sie war eins mit allem, sie dachte schnell, sie freute sich am Leben. Die Gegenwart war riesengroß. »Sei im Hier und Jetzt!« – das war doch wohl das erklärte Mantra all der Psychologen-Sozialarbeiter-und-Ergotherapeuten. Nun, sie war so voll da, wie man nur voll da sein konnte. Wozu also etwas einwerfen, das diesen beneidenswerten Zustand verändern könnte? Und wozu zum Henker sollte sie betreut werden? Wenn es jemanden gab, der mit dem Leben bestens zurechtkam, dann war es doch wohl sie. Wirklich, sie zweifelte ernsthaft an Dr. Lorenz' Verstand. Ohnehin war der Stationsarzt nicht nach ihrem Geschmack. »Die Modalitäten Ihres Lebens, Frau Sudfeldt, müssen angepasst werden«, so hatte er sich ausgedrückt, als es um das Wohnheim gegangen war.

Und zweitens fragte sie sich, warum man hier die Leute derart zu den Pillen nötigte. Die meisten *wollten* nämlich etwas nehmen. Suchten jedenfalls dringend Hilfe. Wurden von ihren Stimmen und Stimmungen so bedrängt, dass sie auch einen Besen gefressen hätten. Wenn Eli sich so manchen Mitpatienten anschaute, wie er bibbernd vor Angst in seinem Bett lag, hätte sie ihm am liebsten persönlich eine Großpackung Neuroleptika eingetrichtert.

Natürlich hatten die Medikamente ernsthafte Nebenwirkungen, standen in schlechtem Ruf, oft nicht zu Unrecht. Doch dies nahmen die Patienten vielfach in Kauf, waren doch die Gefühle, die mit dem Wahnsinn einhergingen, praktisch unaushaltbar. Allerdings wollten die Kranken vor allem eins: mitreden. Selbst bestimmen. Als zurechnungsfähig behandelt werden. Sich nicht Psychopharmaka aufzwingen lassen, die von Haarausfall über Gewichtszunahme bis zum plötzlichen Herztod alles Mögliche verursachen konnten.

Seitens der Klinik mit Gewalt ans Werk zu gehen – mittels Fixierung und einer gießkannengroßen Spritze voll Haldol –, wie es Eli bei früheren Aufenthalten schon erlebt hatte, damit erreichte man gar nichts, davon war sie fest überzeugt. Im Gegenteil, sie hatte oft festgestellt, dass die Patienten dadurch erst recht nicht mehr zu Verstand kamen, sich hinterrücks überwältigt fühlten und den gesamten Vorgang gar nicht in ihr eigenes Selbst integrieren konnten. Sie kamen an in dem festen Glauben, eine Größe der Zeitgeschichte zu sein und unaufschiebbare Dinge erledigen zu müssen, und fanden sich dann reglos auf ihren Zimmern wieder, stillgelegt, und sollten ohne weitere Erklärung »zur Ruhe kommen«.

Zwar musste man mittlerweile seitens der Psychiatrie den ernsthaften Versuch unternehmen, Zustimmung zu einer medikamentösen Behandlung zu erreichen. Doch in der Praxis wurde man immer noch mehr oder weniger zu Medikamenten gedrängt, und bei akuter Gefahr war Zwangsbehandlung ohnehin zulässig. Der Aufprall in der Psychiatrie, der Zusammenstoß von Wahn und Wirklichkeit, war für viele so hart, dass sie sich förmlich Prellungen holten.

Warum, dachte Eli, machte man das nicht sanfter, ließ den Wahn noch eine Weile bestehen, redete einfühlsam mit den Leuten, ging auf deren Probleme ein? Würde man sie, Eli Sudfeldt, nur machen lassen, wäre es mit dem Wahn schnell aus und vorbei. In ihrer Klinik würde es beispielsweise ein »Wahnsinnszimmer« geben, ein Zimmer, in dem man so gaga sein konnte wie ein Rockstar auf Ecstasy, ein Zimmer zum Musikhören, Träumen, Malen, Schreien, Alleinsein, Schreiben und – ja, auch zum Toben. Erst recht zum Toben. Vielleicht sollte es sogar Drogen geben? Wahn ließ sich mit Whisky so viel besser ertragen, fand Eli, die Leute brauchten doch schließlich *Ent*spannung, keine *An*spannung.

Die Psychiater dachten anscheinend, sie könnten den Wahn mit der Vernunft heilen, mit besonders viel Vernunft. Doch der Irrsinn war ja gerade der Versuch eines Menschen, den Gefühlen nachzugeben, sich nicht länger dem Verstand zu beugen, dem gnadenlosen Verstand, der Wünsche verbot, Sehnsüchte unterdrückte, unerfüllbare Regeln aufstellte. Man musste nur herausfinden, was die Leute *wirklich* wollten, und ihnen das dann geben, dachte sie. Schon würden sich alle beruhigen und gesund aus der Klinik herausspazieren.

Und eigentlich war das doch einfach: Meistens drehte sich alles um Liebe und Sex. Das war das Fundament allen Seins, auch in der Psychiatrie. Doch wurde es seitens des Personals kaum angesprochen – der ideale Patient war in gewisser Hinsicht ein Patient ohne Unterleib.

Je starrer eine Klinik war, je mehr Macht sie ausübte, je »vernünftiger« sie war, desto starrer wurden die Kranken und desto ohnmächtiger fühlten sie sich.

Und natürlich sollte es Leute geben, mit denen man über die Psychose reden konnte. Das Pflegepersonal und auch die Ärzteschaft vermieden weitgehend Gespräche über den Wahn. Angeblich führte einen das noch tiefer hinein, führte von der ewigen »Ruhe« weg. Das sah Eli ganz anders. Wenn man psychotische Erlebnisse hatte – und sich für den lieben Gott zu halten *war* ein Erlebnis –, wollte man nichts anderes, als den ganzen Tag darüber zu reden. Schließlich musste man das alles geistig bewältigen. Man brauchte wie bei einem Marathon eine Art Auslauf, ein Zu-sich-Kommen. Keinen abrupten Stopp.

Man musste es irgendwie auf die Reihe kriegen, dass man jetzt beispielsweise nicht mehr nur Doris war, sondern – viele. Bei Doris allerdings hätte Eli einen klitzekleinen Elektroschock manchmal nicht unangebracht gefunden. Vor allem, wenn sie die Tür zum Raucherzimmer so zuknallen ließ wie jetzt.

Martin hatte ein Problem. Ein gewaltiges Problem. Das Problem hieß Klaus Weber und wollte ihm unbedingt in den Mund schauen.

»Sie verstehen doch sicher, Herr Regener, dass wir die Medikamenteneinnahme kontrollieren müssen. Das ist nur zu Ihrem eigenen Besten.«

Martin hatte das Lantatrin weit in den Rachenraum geschoben, doch da lag es für den Krankenpfleger gut sichtbar.

»Trinken und schlucken!«, kommandierte der, reichte Martin eine Flasche Sprudel und verfolgte den Weg der Pille, die nun – den Schlund des Journalisten hinabrutschte.

Um Himmels willen, dachte Martin fassungslos, nachdem er das Behandlungszimmer verlassen hatte. Er hatte gerade Psychopharmaka eingenommen! Psychopharmaka, die vielleicht, vielleicht gegen Gott weiß was ausgetauscht worden waren! Er raste förmlich auf sein Zimmer und schloss sich im Bad ein. Dort steckte er sich den Finger in den Hals, doch vergeblich. Er hatte schon als kleines Kind nicht erbrechen können, hasste es, wenn er die Kontrolle über sich selbst verlor.

Nicht im Traum hatte er mit dieser Art Überwachung gerechnet. Das Pflegepersonal hatte den Patienten bisher die Medizin in die Hand gegeben. Weber war anscheinend der Einzige, der die Medikamentengabe auf diese Weise handhabte, nicht ohne etwa Peters Zähne mit den Worten »Diese schmuddeligen kleinen Beißerchen müssen auch mal wieder zum Onkel Doktor« zu kommentieren.

Und jetzt? Was mochte die Wirkung der Tablette sein? Nicht nur, dass Martin die Psychopille intus hatte – auch seine Mission schien vorbei, bevor sie angefangen hatte. Wie sollte er die Medikamente nach draußen befördern?

Er setzte sich aufs Bett und rieb sich die Augen. Nach der Visite hatte er während des Gruppenausgangs mit seiner Kollegin telefoniert. Die hatte abermals einen Schreck gekriegt, als sie erfuhr, dass Martin sich auf einer geschlossenen Station befand.

»Auf der Geschützten, Martin? Um Gottes willen – wie bist du denn dahin geraten? Ich ... was? Da muss man doch schon richtig schräg drauf sein, für die Geschlossene ... Du ... äh ... Es geht dir doch wirklich gut, oder nicht? Ich weiß nicht, die ganze Geschichte stinkt doch irgendwie! Du – was hältst du davon, wenn ich dich bald besuchen komme? Sehr bald? Pass auf, vergiss das einfach mit dem illegalen Test und dem Tipp, konzentrier dich ganz auf dich selbst, ich meine, ähm, sorry, ruh dich mal schön aus. Oder mach eine simple Hintergrundgeschichte, deine Impressionen aus der Psychiatrie, später einmal, ich erkläre Krüger das ...«

Aber Martin hatte Feuer gefangen. »Auf keinen Fall, Corinna, ich zieh das jetzt durch! Es geht mir gut, ich arbeite! Und wenn hier eine Sauerei passiert, bin ich genau am richtigen Platz. Die anderen haben doch niemanden außer mir, die Patienten, meine ich. Irgendjemand muss hier aufpassen! Immerhin ist auf dieser Station jemand gestorben ... Ich muss bleiben und zusehen, dass ich was rausfinde. Ich hab auch schon eine Idee ...«

Mit dieser Idee jedoch war Corinna Steier nicht einverstanden gewesen, war im Gegenteil sogar schier ausgeflippt, hatte den Plan zu gefährlich gefunden, hatte ihn ermahnt, nur ja nicht seine Gesundheit aufs Spiel zu setzen. Nicht zu Unrecht, wie sich jetzt herausstellte. Es hatte keinen Zweck, war zu riskant, war nicht durchführbar.

Eine Stimme riss ihn aus seinen Gedanken.

»Kann ich reinkommen?«

Bevor Martin einen Pieps sagen konnte, hatte Eli es sich bereits neben ihm gemütlich gemacht.

»Ärger mit Weber?«

Martin nickte.

»Da kann ich dir nur eines raten: Geh ihm aus dem Weg. Unangenehme Type. Hat nichts zu sagen und rächt sich dafür an uns.«

Nicht, dass Eli selbst sich an ihren Ratschlag gehalten hätte. Im Gegenteil war sie für einen Streit jederzeit zu haben, zumal mit dem bulligen Krankenpfleger, der sie bei jeder sich bietenden Gelegenheit piesackte. Dafür war sie schon einige Male isoliert und einmal sogar fixiert worden. Wegen Letzterem hatte sie sich an die Beschwerdestelle des Hauses gewandt, jedoch erst nach anderthalb Jahren, als sie längst wieder draußen gewesen war und nicht mehr an die Sache gedacht hatte, einen Bescheid erhalten: Alles sei mit rechten Dingen zugegangen.

Eine Weile war es still im Raum. Eli, die sich mit völliger Selbstverständlichkeit auf Martins Bett niedergelassen hatte, wackelte guter Laune mit den Zehen. Martin dagegen musste seinen Rückschlag verdauen, seine Wut auf den Widerling und dessen mittelalterliche Methoden plus die Tatsache, dass er vielleicht gleich Stimmen hören oder auf einen LSD-Trip kommen würde oder was immer sonst nach Einnahme eines solchen Mittels mit ihm passieren mochte.

»Du, Eli«, fragte er schließlich, »was genau ... ähm ... bewirken die Medikamente eigentlich? Ich ... äh ... fühl mich gerade nicht gut ...«

Eli seufzte und verdrehte innerlich die Augen. Die Medikamente ... fast das einzige Thema in der Psychiatrie. Dabei gäbe es doch auch andere Dinge zu ... besprechen. Saßen sie doch gerade so nett zusammen. Beziehungsweise Eli lag ja schon mehr, als dass sie saß. Und sie fand Martin schon das ganze Wochenende ausgesprochen ... niedlich. Er guckte gerade ein bisschen grimmig, wie so viele hier, aber das würde sie, Gute-Laune-Mission-Eli, schon hinkriegen.

»Ach, alles halb so wild«, sagte sie leichten Herzens, »ich nehm den Kram jetzt seit über fünfzehn Jahren und wie du siehst, geht es mir blendend. Natürlich nehme ich nicht immer was, manchmal schmeiß ich das Zeug auch weg.«

Das war nicht gerade die Antwort, die der Reporter sich erhofft hatte. Seine vergnügte Mitpatientin schien in dieser Hinsicht eine zweifelhafte Adresse zu sein. Verdammt, hätte er doch nur seinen Laptop und könnte recherchieren ... Er musste dringend alles wissen, was es zu Psychopharmaka im Allgemeinen und speziell zu LantatrinCetaMX zu finden gab. Regelrecht amputiert war er ohne die gewohnte Technik.

»Aber«, ließ sich Eli wieder vernehmen, »wenn du dir wirklich Sorgen machst, kann ich dir zeigen, wie man sich in den Mund schauen lassen kann, ohne die Pille zu schlucken.«

Die zukünftige Literaturnobelpreisträgerin Mademoiselle Sudfeldt hatte sich in der Dusche ihres Zimmers eingeschlossen und rauchte sich eine. Im Rahmen ihrer momentanen emotionalen Möglichkeiten war sie – wütend. Und: isoliert. Weber hatte nämlich Regeners Zimmer regelrecht gestürmt und die beiden auseinandergejagt. Anscheinend hatte er ihnen im Geiste Gott weiß was unterstellt.

»Auseinander!«, hatte er gebrüllt. »Kontakte dieser Art sind unter den Patienten nicht erwünscht!« Dabei hatten sie nur nebeneinander auf dem Bett gesessen und sich nett unterhalten.

Selbstverständlich hatte Eli ungefähr eine Million Entgegnungen parat gehabt, von denen jedoch bereits zwei oder drei ausgereicht hatten, den Pfleger bis zum Wipfel zu treiben.

»Sie gehen jetzt sofort auf Ihr Zimmer und bleiben bis auf Weiteres dort!«, hatte er Eli mit hochrotem Kopf angewiesen.

Und da war sie nun. Fühlte sich wie ein zwölfjähriger Teenie. Das war irgendwie süß. Einerseits. Andererseits war sie kein unmündiges Kind, sondern eine erwachsene Frau von 39 Jahren mit dezidierten Ansichten. Wen zur Hölle ging es etwas an, mit wem sie wo saß? Und auch wenn sie mit Regener das Kamasutra praktiziert hätte – wer hatte ihr das zu verbieten? Gab es dafür ein Gesetz? Und wieso konnte man sie auf ihr Zimmer schicken, als hätte sie ihre Schularbeiten nicht gemacht?

Eli war jederzeit bereit, in der Psychiatrie vorbeizuschauen und alles auf Vordermann zu bringen. Nur: Sie war ein freier Mensch. Konnte die Gängelei nun mal auf den Tod nicht ausstehen. Hatte ihr Leben immer selbst bestimmt und gedachte das auch in Zukunft zu tun. Wollte nun mal tun und lassen, was ihr beliebte, basta. Konnte das auch, fand sie. Zu jeder Zeit, an jedem Ort. Zumindest, solange sie keinem anderen schadete.

Schadete sie sich selbst? Sicher nicht mit Nebeneinandersitzen auf dem Bett, dachte sie. Und auch nicht mit Aufeinanderliegen im Bett. Selbst wenn – wer hatte eigentlich das Recht, sie vor sich selbst zu schützen? Leute nahmen Drogen, sprangen ohne Fallschirm vom Mount Everest oder wanderten »Hurra!« rufend in den Krieg und wurden dafür nicht ins Irrenhaus gesperrt. Und solange das so war, konnte sie, Aufmunterungsspezialistin und Philosophieprofessorin in spe, doch wohl tun, wonach ihr der Sinn stand. Sogar Geld aus dem Fenster werfen. Und zwar alles Geld, das sie besaß.

Das erinnerte sie daran, dass sie nachher noch einen Termin beim Sozialarbeiter der Station hatte.

Elis finanzielle Verhältnisse waren mit dem Begriff »angespannt« nur unzureichend beschrieben. Sie kellnerte hier, sie putzte dort, sie studierte ein wenig, und wenn Inspiration über sie kam, tat sie nichts außer zu schreiben. Die ökonomische Lage verbesserte sich zudem nicht das kleinste bisschen durch Geld-aus-dem-Fenster-Werfen. Auch wenn Eli noch so sehr davon überzeugt war, dass ihr persönlicher Geldfluss Glück in die Welt brachte und irgendwann zu ihr zurückkehren würde – bis jetzt hatte er das nicht getan. Im Gegenteil schien er sich immer weiter von ihr zu entfernen.

Das war eine Tatsache, an der insbesondere Sozialarbeiter ein exorbitantes Interesse zu haben schienen. Bei jedem von Elis Aufenthalten in der Psychiatrie hatte es Termine gegeben, bei denen sie gezwungen wurde, ihre Vermögenslage offenzulegen und »ein Konzept zu erarbeiten, mit dem wir das alles in den Griff kriegen, Frau Sudfeldt«. Sie stand dann am Ende immer mit einem Plan da, der zwar Brot und Butter enthielt, aber eben keine Besonderheiten. »Damit kommen Sie einigermaßen zurecht«, sagten die Fürsorger, doch sie schnallten nicht, dass *Zurechtkommen* ganz gewiss nicht Elis Vorstellung von einem lebenswerten Leben entsprach. Es wollte nicht in den Kopf von Sozialarbeitern hinein, dass sie lieber *einen* Tag mit Champagner und Kaviar hatte als *dreißig* Tage mit Apfelschorle und Gemüseeintopf.

Zudem fanden die Sozialarbeiter Champagner nicht nur den Finanzen abträglich, sondern auch der Gesundheit. »Bei Ihren Medikamenten, Frau Sudfeldt, dürfen Sie überhaupt keinen Alkohol trinken, keinen einzigen Tropfen!« Hier angelangt, trennten sich die Wege von Betreuern und Klientin endgültig. Das Leben hatte Eli Sudfeldt in mancher Hinsicht eine Zitrone gegeben, doch sie wollte keinen Saft daraus machen. »Wenn dir das Leben eine Zitrone gibt, verlang nach Salz und Tequila« – lag nicht tiefe Weisheit in dem alten Spruch? Ja, war denn nicht eigentlich ein Tequila Sunrise pünktlich um fünf plus eine Packung Fluppen die Conditio sine qua non für ein menschenwürdiges Dasein? In den Augen der Helfer ganz offensichtlich nicht.

Begriffsstutzig, dachte Eli. Nett, aber begriffsstutzig.

Martin saß in der Ergotherapie-Stunde über ein Blatt Papier gebeugt und versuchte, sich zu konzentrieren. Natürlich nicht auf das Mandala, das ihm die Ergotherapeutin mit einem aufmunternden »Das hilft Ihnen, sich zu fokussieren« gebracht hatte.

Seine Gedanken rotierten. Spürte er schon was von der Pille? War ihm nicht schon leicht schwummrig? Und wie sollte er jetzt weiter vorgehen? War die ganze Sache nicht doch zu riskant für ihn? Unkalkulierbar? Er ging Risiken ein, doch nur solange sie planbar waren, solange er sie bis ins Detail abschätzen konnte.

Andererseits hatte ihm Eli den ultimativen Tablettentrick verraten: »Einfach hinter dem letzten Backenzahn verstecken, die Zunge halb drüber, sodass du sie gegebenenfalls noch rausstrecken kannst, und dann jede Menge Essensreste im Mund behalten, wenn jemand reingucken will. Ist dann eklig für die, da gucken die nicht so genau. Aber dann nicht aus Versehen runterschlucken!«

Eli ... Überhaupt: Was mochte da in Weber vorgegangen sein? Er hatte offensichtlich geglaubt, dass sie beide ... Das war natürlich absurd. Dies war immerhin ... na ja ... gewissermaßen ein ... Undercoverauftrag und kein romantischer Ausflug. Und Eli war ... sie war ... von einem anderen Stern irgendwie. Hübsch war sie, das schon. Großzügig, verschenkte andauernd dies und das. Witzig war sie auch. Konnte sehr charmant sein und hatte für jeden ein offenes Ohr. Er hatte sie am Wochenende mit den anderen reden hören und war manchmal verblüfft gewesen angesichts ihrer tiefgründigen Einsichten – die sie den anderen allerdings häufig genug auf den Kopf zusagte, was diese nicht immer zu schätzen wussten.

Trotzdem, die Mitpatienten mochten sie, sehr sogar, das konnte man merken. Aber sie war ... ja ... sie war ... nun mal verrückt. Wahnsinnig. Psychisch krank. Oder wie man das sonst nennen sollte.

Jedenfalls war Eli in dieser Hinsicht tabu für ihn, das war klar. Komisch, dass er überhaupt darüber nachdachte. Wegen Weber natürlich, diesem tumben Klotz. Konnte man sexuelle Beziehungen unter Erwachsenen überhaupt verbieten? Aus welchem Grund? Interessante Frage, fand Martin. In einem gewöhnlichen Krankenhaus stellte sie sich gar nicht erst, wenn die Patienten auf den Tod darniederlagen. Doch hier in der Psychiatrie hatten die Leute keine Schmerzen – ihre Gefühle gingen mit ihnen durch. Die Atmosphäre war durchaus lebendig: Männer und Frauen, die den ganzen Tag zusammensaßen, miteinander redeten, sich über ihre Lebensgeschichten austauschten. Auch über ihre Liebesgeschichten. Sich zwangsläufig näherkamen. Ja, in gewisser Hinsicht glich die Station förmlich einem Eheanbahnungsinstitut. Selbst die unwahrscheinliche Doris hatte einen Galan gefunden, der am Sonntag geschlagene zwei Stunden aufmerksam ihren Ausführungen gelauscht und ihr dabei die Füße massiert hatte – im Raucherzimmer.

Und warum auch nicht? Die Patienten waren prinzipiell freie Menschen. Bei aller Fürsorgepflicht blieben sie doch zuallererst mündige Bürger. Martin hatte sich bei Webers Auftritt stark an den alten Film mit Jack Nicholson erinnert gefühlt, in dem eine sadistische Oberschwester einem schüchternen Patienten das erste Liebesverhältnis zum Verhängnis machte.

Nun ... Dafür war er nicht hier. Was sollten diese Überlegungen überhaupt? Er war geschieden, das war gut so, fertig, aus. Eine Frau kam in seinem Leben nicht mehr vor, das war endgültig. Jedenfalls ... vorläufig endgültig. Er hatte seit der Scheidung ein paar Kontakte gehabt, war alles nichts Rechtes gewesen. Falls ihm irgendwann einmal eine unglaubliche Frau über den Weg laufen sollte, dann vielleicht. Eilte nicht. Müsste schon die Traumfrau sein, jedenfalls keine ... Wackelkandidatin wie Eli. Er war im Übrigen gern allein, basta.

Jetzt würde er sich aus der Ergotherapie entfernen, was nicht gerne gesehen, aber immerhin geduldet wurde, sich aufs Bett legen und in sich hineinspüren. Sich dann Notizen machen, ob – und gegebenenfalls wie – das Medikament auf ihn wirkte. Webers Sprüche aufschreiben. Und Elis Trick üben.

Baumann, der Martin gegenübersaß, schien auch keinen Bock auf Mandalas und Malereien zu haben. Lustlos kritzelte er Strichmännchen auf ein Blatt Papier. Sicher würde er Martin gleich fragen, ob er Lust auf eine Partie Schach habe. Doch zum Ausruhen und Spielen war er, Martin Regener, nicht hier. Er hatte zu arbeiten.

Mittwoch

Der Mittwoch brachte den Besuch Corinna Steiers mit sich. Das war gut, denn Regener hatte es geschafft, in den vergangenen zwei Tagen einige Tabletten Lantatrin verschwinden zu lassen, die er ihr nun zu übergeben gedachte. Die schlanke, dunkelhaarige Frau saß gut gekleidet wie immer im Besucherraum, versuchte unbefangen auszusehen und nicht auf all die extravagant angezogenen Outlaws zu schauen, die ihren Familien und Freunden gegenübersaßen. Sofern sie noch Familie und Freunde hatten. Zwar konnte an jedem Tag Besuch empfangen werden, doch dieser nutzte seine Chance allzu selten.

Ebenfalls im Besuchszimmer befand sich Weber, der ein Auge auf den Austausch von Herzlichkeiten haben sollte – immerhin trafen manche Patienten hier auch Leute, die noch ganz andere Pillen als die der Psychiatrie im Angebot hatten. Außerdem hielten sich in dem kleinen Zimmer vor der Station auch Eli und ihre Mutter auf. Diese, eine zierliche, aber äußerst resolute Person, hatte ihre Tochter wie bei jedem Aufenthalt in der Psychiatrie bislang jeden Tag besucht und war der 39-jährigen

Zwangspatientin damit ausgesprochen auf den Wecker gefallen. Mutter Sudfeldt, aus altem Schrot und Korn, hatte schon immer gewusst, was gut für ihr Kind war, und zwar besser als »das Kind« selbst – ohne allerdings ihr wonniges Mädchen tatsächlich ins Kalkül zu ziehen. Dies hatte zu lebhaften Szenen in der Familie geführt, bei denen ein Sturkopf dem anderen nicht hatte unterlegen sein wollen. In Zuständen außerordentlich guter oder ausgesprochen schlechter Laune konnte Eli die liebe Frau Mama kaum ertragen, hatte sich jedoch angewöhnt, diese als eine Art Naturgewalt zu betrachten, gegen die man ebenso wenig ausrichten konnte wie gegen eine Jahrhundertflut. Genau wie eine Flut ließ das Mutterherz allerdings eine Unmenge nützlicher Gegenstände zurück, mit denen Eli nachher die Station zu versorgen gedachte.

Im Moment allerdings inspizierte sie nicht Mamas Mitbringsel, sondern schaute interessiert und – wenn sie ehrlich war, und das war sie – auch einigermaßen wehmütig zu Regener und der dunkelhaarigen Schönheit hinüber. Regener hatte also Besuch, soso. Vermutlich seine Freundin. Sie passte gut zu dem filigranen Mann mit seinem schmalen Gesicht und der schwarzen Brille. Oder war sie sogar seine Frau? Bislang hatte er nichts davon erwähnt und trug auch keinen Ring am Finger. Doch es war ja klar – Eli hatte nun mal einfach Pech mit Männern. Viel gutes Gefühl hatte sie schlechtem Sex hinterhergeworfen. In ihrem Leben hatte es etliche Kandidaten gegeben, aber nie den richtigen. Und wenn doch, hatte er Reißaus genommen, sobald sie sich mal wieder im Landeanflug auf eine Nervenheilanstalt befand.

Doch Eli wäre nicht sie selbst gewesen, wenn Sorgen sie unnötig lange belastet hätten, und so komplimentierte sie erst ihre Mutter hinaus – was nicht so einfach war: Nimm-die-Medikamente, sei-brav-hier, lass-dich-betreuen, such-dir-endlich- einen-richtigen-Job schnappte sich ihre Geschenke und spazierte ins Raucherzimmer, wo sie Franz mit den Leckereien eine Lektion in Sachen Savoir-vivre zu erteilen gedachte. Dieser verließ allerdings fluchtartig den Raum. Seit dem Wie-werde-ich-manisch-Desaster brachte er Savoir-vivre-Tipps ein gewisses Misstrauen entgegen, speziell wenn sie von Eli kamen.

Das war nicht schlimm, dachte Eli. Die Besuchszeit würde gleich vorbei sein, und dann würde sie erst mal Martin ins Gebet nehmen, wer die Hübsche an seiner Seite gewesen war.

»Du, sag mal, Martin«, fragte sie denn auch zehn Minuten später mit typischem Eli-Sudfeldt-Taktgefühl, »wer war denn dein Besuch?«

»Wer das war?«, antwortete Regener geistesabwesend. »Meine Kollegin. Lieblingskollegin. Verheiratet mit einem Dänen. Sie haben zwei Kinder.«

Huch! Warum hatte er das gesagt? Was ging es eine x-beliebige Psychiatriepatientin an, wer Corinna Steier war, wie viele Kinder sie hatte und mit wem? Er schüttelte innerlich den Kopf.

Eli hingegen strahlte. Ihre Gefühle waren ihr wie immer am Gesicht abzulesen.

Worauf Martin momentan nicht achtete. Er hatte ganz eigene Sorgen. Zwar hatte er das Kuvert mit den Pillen übergeben können, doch eine Unterhaltung mit Corinna Steier war schlecht möglich gewesen – Weber hatte seine Ohren überall gehabt. Martin hatte mit seiner Arbeitskameradin gerade in den Park gehen wollen – in Obhut des Besuchs war Ausgang möglich, sofern der Besuch nicht irgendwie zweifelhaft war –, doch da hatte Corinnas Telefon geklingelt und sie hatte dringend weggemusst. Zum Abschied hatte sie ihn umarmt – ungewöhnlich für die zurückhaltende Kollegin – und ihm lange in die Augen geschaut. Sie hatten verabredet, so bald wie möglich länger zu telefonieren. Doch bislang hatte er nur Ausgang in der Gruppe, bei dem man nichts reden konnte, ohne dass jedermann mithörte. Er guckte finster.

Eli hatte im Gegensatz zu dem Krankenpfleger sehr wohl gesehen, dass Regener seiner Kollegin etwas zugesteckt hatte. Und sie hatte einen zwar labilen, doch ausgezeichneten Verstand.

Etwas ist faul im Staate Phantasia, dachte sie. Etwas war hier nicht so, wie es den Anschein hatte. Manche Leute waren nicht ganz das, was sie zu sein vorgaben. Martin Regener zum Beispiel. War der depressiv? Selbstmordgefährdet? Mit seiner Kollegin hatte er gelächelt, fast gelacht – trübsinnig hatte das nicht gerade ausgesehen, auch wenn man bedachte, dass einige hier hart daran arbeiteten, unbedingt die Fassade aufrechtzuerhalten, konnte es dahinter aussehen, wie es wollte.

Außerdem waren Depressive zutiefst gebannt von ihrem eigenen Leid, interessierten sich nicht mehr für ihre Umwelt – Regener hingegen hatte, wann immer möglich, die Ohren gespitzt und Fragen gestellt, die über die allgemein notwendigen Stationsfragen hinausgingen. Und dann sein Umgang mit den Medikamenten: Erst hatte er von ihr wissen wollen, wie man zu einem bestimmten Medikament kam. Er hatte sich dann ausgerechnet LantatrinCetaMX verschreiben lassen, obwohl Karin kurz zuvor gestorben war und die Gerüchteküche der Station diesbezüglich brodelte (»Es sind die Pillen und nichts als die Pillen« – »Quatsch, sie hat zu viel geraucht« – »Es war

Selbstmord« – »Sie wurde verwurstet, vergiftet, von Aliens beeinflusst« – »Ich nehm jedenfalls nichts mehr, das steht fest«). Und dann war er vollkommen entsetzt gewesen, als die Tabletteneinnahme kontrolliert worden war. Begierig hatte er sich ihren Medikamententrick erklären lassen.

Auf der anderen Seite – ganz gesund war ihr neuer Freund nicht. Letztens im Raucherraum hatte er eine Kippe bis auf den Stummel aufgeraucht, sich die Finger verbrannt und gar nicht gemerkt, dass er etwas in der Hand hielt. Er hatte genauso konzentriert ausgesehen wie Franz, wenn der sich die ultimative Selbstmordmethode überlegte. Und sein Gang ... Er schlurfte nicht gerade, aber er ging auch nicht besonders aufrecht, hielt den Kopf gesenkt wie viele von den Geschlagenen. Manchmal verfolgte er einen Gesprächsfaden nicht bis zum Ende, drehte gedanklich ab oder ging sogar mitten im Satz weg, so wie Doris, mit der eine Unterhaltung führen zu wollen so sinnvoll war wie der Versuch, das Schweigegelübde einer Karmeliterin zu brechen.

Man konnte Eli vieles vorwerfen, doch eines ganz gewiss nicht: mangelnde Menschenkenntnis. Im Gegenteil hatte sie ein untrügliches Gespür für ihre Mitmenschen. Leider haperte es manchmal daran, sich gemäß diesem Gespür zu verhalten. Eli wusste genau, woran sie mit den Leuten war, doch sie wusste nicht, wie sie mit denselben umgehen sollte – eine Tatsache, an der bis jetzt noch jedes von Elis Liebesverhältnissen gescheitert war. Welche ohnehin nicht an Innigkeit zunahmen, wenn Eli einmal mehr von der Polizei in die Psychiatrie gebeten wurde.

Mit Martin Regener stimmte etwas nicht. Aber er war auch kein »richtiger« Patient. Gehörte nicht hierher. Wenn er kein Patient war, was war er dann? Ein Psychiater oder Sozialarbeiter in der Ausbildung, der die andere Seite kennenlernen wollte? Das wäre eine löbliche Maßnahme gewesen, aber dafür war er zu alt.

Vielleicht nahm er an einer Studie teil, war Wissenschaftler? Eli hatte von einem Experiment gehört, bei dem Nichtkranke vorgaben, wahnsinnig zu sein, und sich in die Psychiatrie einschmuggelten. Resultat: Sie wurden tatsächlich alle als psychisch krank erachtet – niemand erkannte, dass sie das Verrücktsein nur vortäuschten.

Was konnte er noch sein? Ein Polizist? Sehr unwahrscheinlich. Was sollte einer von der Polizei hier wollen? Nachschauen, ob alles mit rechten Dingen zuging? Nein, man nahm doch an, dass in der Psychiatrie so weit alles zum Besten stand.

Oder er war ein Journalist. Vielleicht ein Autor? Wie ungemein interessant! Wenn er zum Beispiel ein Drehbuch schrieb: War da nicht eine klitzekleine Rolle für sie drin? Oder ein Beratervertrag? Schließlich hatte sie mit den Jahren ein wahrhaft enzyklopädisches Wissen über den Wahnsinn angesammelt, Wissen, das nur leider im Prinzip zu nichts zu gebrauchen war. Ja! Er war garantiert ein Künstler! Das sah man schon an seinen schmalen, schönen Händen.

Journalist oder Autor also, dachte Eli. Neurotisch wie alle Schriftsteller. Und: Er interessierte sich ganz schön für die Medikamente, speziell für das Lanta. Irgendetwas war doch wohl anscheinend nicht koscher mit dem Lantatrin. Sie machte sich gedanklich eine Notiz, auch weiterhin nur ja keine Medikamente zu nehmen.

»Du, Martin«, sagte sie, »wenn du noch mal rausmusst zum Telefonieren und dann ein bisschen alleine sein willst – da kann ich vielleicht was arrangieren.«

Eine Stunde später drehten Regener und Eli in Begleitung der kleinen Pflegeschülerin Dorothee eine Runde durch den Park. Dorothee hatte zwar den Zeigefinger gehoben – »Keine Abenteuer für Sie, Frau Sudfeldt!« –, sich aber darauf eingelassen, mit den beiden zum Kiosk zu gehen, weil, wie Eli gesagt hatte, sie sich »so gerne noch mal mit Heiner und Fabiano treffen möchte, Schwester Dorothee« – mit Odin und dem Kaiser von Italien also.

Regener atmete tief ein. Es tat so gut, draußen zu sein. Er fühlte sich, als wäre er schon ewig in geschlossenen Räumen gewesen.

Sie hatten eine halbe Stunde Ausgang. Grundsätzlich wurden die Ausgangszeiten penibelst eingehalten – bereits bei zwei Minuten Verspätung bekam man einen Tadel. Eli ärgerte sich jedes Mal darüber, zumal sie darin nicht den kleinsten Sinn erblicken konnte. Früher, als es noch Zivildienstleistende gegeben hatte, war das alles besser gewesen. Eli hatte Runden um Runden mit den fidelen Wehrdienstverweigerern verbracht, und so manch einer hatte ein Auge zugedrückt und sie für eine Viertelstunde aus den Augen verloren. Manch schöne Zigarre war gemeinsam geraucht worden im Verbund mit philosophischen Überlegungen. Aber ach, irgendwann war die Zeit der Zivis für immer dahin gewesen, und die Zeitpingeligkeit hatte angefangen, genau wie der Dokumentationswahn. Heute gab es noch gelegentlich ernsthafte junge Leute, die ein freiwilliges soziales Jahr machten – seriös und mit sozialer Ader, aber ohne Sinn für Zigarren.

Tatsächlich trafen Eli und Regener die beiden Originale am Büdchen – nicht allzu überraschend, war doch der Kiosk für die Klinik, was das Raucherzimmer für die geschlossene Station war: die Zentrale.

Man freute sich mal wieder wahnsinnig, sich zu sehen, zumal der Kaiser in der Zwischenzeit wieder vollkommen vergessen hatte, dass Eli sich auch im Krankenhaus befand. Nachdem diese einen Kanister Cola spendiert hatte, mäanderte die Gruppe zum Teich und ließ sich auf einer der um den Tümpel gelegenen Bänke nieder. Dort hob Fabiano III. zu einem Vortrag über das Grundgesetz an, welches er ganz prima fand: »›Die Würde des Menschen ist unantastbar.‹ – Ey, Leute, da hat einer aufgepasst! Das ist die Überschrift, versteht ihr, Würde, das kommt zuerst! Gerade Haltung! Aufrechter Gang! Die Würde ist unantastbar, zwo, drei vier …« Der Kaiser sprang auf und kommandierte eine Schar Tauben, die bislang friedlich des Weges gepickt hatte. Erschreckt stoben sie auseinander. »Walhalla«, stimmte Odin ein, »wenn wir Krieger sind! Wenn wir uns nicht alles gefallen lassen!« Seine Stimme schwoll an, und er reckte sein Haupt. Die armen Tauben brachten sich in sichere Entfernung. Was auch Regener gerne getan hätte, der die Exzentriker skeptisch musterte.

»So was Blödes«, sagte Eli, die Regeners Blick gesehen hatte. »Ich hab nicht an die Zigarren gedacht. Meinst du, du kannst noch mal gerade zum Büdchen gehen, Martin? Odin wollte mir nämlich dringend noch die Runen für heute legen, und so viel Zeit haben wir ja nicht. Schwester Dorothee, er kann doch alleine gehen, oder? Wir haben ja den ganzen Weg im Blick.«

Das gestattete die Schwester zögernd, und so machte sich Regener auf den Weg, kaufte Riesenstumpen für alle und stellte sich in eine dunkle Ecke des Kiosks.

Wie sich herausstellte, hatte seine Kollegin bereits schnell wie immer bei einem Labor eine Untersuchung der Pillen in Auftrag gegeben. Als sie jedoch erfuhr, dass er, wenn auch aus Versehen, selbst eine Pille eingenommen hatte, war sie entsetzt.

»Was? Bist du denn vollkommen verrückt, so ein Medikament zu nehmen? Steckt das schon bei dir an, der Wahnsinn? Hast du deinen Verstand nicht mehr zusammen? Unverantwortlich, Martin!«, tobte sie. »Ich habe dir gleich gesagt, dass das nicht funktioniert. Es hätte sonst was passieren können! Das kenne ich gar nicht von dir – du bist doch sonst so vorsichtig und bedacht. Ich glaube wirklich, mit dir stimmt was nicht!« Bei den letzten Worten senkte sie die Stimme und zögerte. Dann fuhr sie leiser fort:

»Martin, jetzt mal Hand aufs Herz. Du weißt, ich mag dich und ich stehe zu dir, egal, was passiert. Und was ich Krüger erzähle, ist meine Sache. Aber bitte sag mir eines: Geht es dir wirklich gut? Arbeitest du dort, bist du beruflich dort, oder ... oder hast du ... bist du ... fühlst du dich deprimiert oder so was?«

Regener räusperte sich.

»Bitte, das bleibt jetzt unter uns. Ja, es ging mir ein paar Tage nicht besonders, ja, vielleicht hat es auch gewisse Gründe, dass ich hier bin, du weißt schon, viel Arbeit und viel Stress, das

Übliche. Aber mach deswegen keinen Aufstand, okay? Unkraut vergeht nicht, ich komm schon zurecht. Jedenfalls ist das hier eine gute Gelegenheit, mal hinter die Kulissen zu blicken. An der ganzen Sache wird wohl nichts dran sein, aber es lenkt mich ab und ... ach, ich weiß auch nicht, nenn es Reporterinstinkt oder so ... ich will jedenfalls rauskriegen, was da los ist. Ob da was los ist.«

Corinna schwieg. Dann sagte sie: »Ich will mich zwar nicht einmischen, aber bist du sicher, dass du arbeiten solltest? Und kannst? Solltest du nicht besser komplett ausruhen, die Beine hochlegen? Eines ist definitiv klar: Mit der Pille bist du zu weit gegangen. So was nimmt man nicht zum Spaß. Ich weiß nicht, vielleicht brauchst du tatsächlich Medikamente, Martin, wenn du krank bist, wenn du also ... ein Burnout hast, oder so, dann musst du doch vielleicht Tabletten nehmen, ich kenne mich da nicht so aus. Du solltest aber keinesfalls mit Psychopharmaka herumexperimentieren und dich diesbezüglich unbedingt an ärztlichen Rat halten! So, das war mein Wort zum Sonntag ... Ehrlich, mir ist gerade schier das Herz stehen geblieben. Und ich sage dir noch eines: Ich glaube, wir sollten das Ganze abbrechen. Konzentrier dich jetzt lieber ganz auf dich und deine Gesundheit, Martin.«

»Beruhige dich, Corinna«, versuchte Regener seine Kollegin zu beschwichtigen, »diese Tablette, das war ein Betriebsunfall. Ich hab nicht damit gerechnet, dass der Pfleger mir in den Mund schaut. Aber es war alles halb so wild, ich hab mich nur benommen gefühlt, müde, hab in der Nacht sehr tief geschlafen. Ich muss so tun, als würde ich die Pillen einnehmen, verstehst du? Wie hätte ich sonst an die Tabletten kommen können? Aber du hast natürlich recht – ich muss da vorsichtig sein. Ich kann auf mich aufpassen, wirklich, mach dir keine Sorgen. Ich möchte arbeiten, ich will was zu tun haben hier, sonst geh ich an die Decke. Übrigens, wann rechnest du mit den Ergebnissen der Untersuchung?«

Corinna schwieg abermals. Ziemlich ausdauernd. Martin hörte sie förmlich denken. Langsam sagte sie:

»Wie du meinst. Ich kann dir keine Vorschriften machen. Aber lass regelmäßig von dir hören, ja? Die Ergebnisse, ja, das weiß ich nicht genau. Vielleicht haben wir schon morgen einen ersten Anhaltspunkt. Ich kenne jemanden in einem Labor, der schuldet mir noch was, ich habe gesagt, es eilt. Aber weißt du, ich glaube, der Informant hat da Gott weiß was behauptet. Ich habe es noch mal nachgelesen, ein bisschen recherchiert. Die Pharmaforschung ist derzeit in einer Sackgasse – es gibt keine wirklich neuen Substanzen mehr, keinen neuen Ansatz. Was jetzt neu auf den Markt kommt, ist immer der Aufguss eines alten Präparats. Die angeblich neuen Medikamente müssen nämlich nur besser sein als ein Placebo, nicht besser als ein bereits vorhandenes Medikament. Und diese Studien sind unglaublich aufwendig und sehr teuer, das lohnt sich kaum. Es wird also in den nächsten Jahren nichts wirklich Neues geben – an der ganzen Sache ist wahrscheinlich gar nichts dran. Ich weiß nicht ... ob die Quelle vertrauenswürdig ist? Vielleicht ein ehemaliger Mitarbeiter, der jemanden in Misskredit bringen will, weiter nichts ...«

»Aber überleg doch, Corinna, es geht um Depressionen! Die Volkskrankheit! Riesengewinne! Die Leute wollen an die Superpille glauben, das ist der Punkt! Sie wollen Hoffnung.

Denk doch nur, was die Leute schon alles eingeworfen haben, das sich dann im Nachhinein sogar als gefährlich herausgestellt hat – die Pharmaindustrie hat schon Unsummen an Schadenersatzforderungen zahlen müssen. Schätz mal, wie viele Menschen mittlerweile allein in Deutschland eine Depression haben. Wenn du dagegen ein Mittel findest – es wäre so, als hättest du eine Pille gegen Übergewicht! Da winkt Geld ohne Ende, und da geht man schon mal ein Risiko ein! Du, ich muss Schluss machen, die Schwester sieht schon her, wir müssen bald wieder zurück auf Station ...«

»Okay, Martin, aber immer schön vorsichtig, hörst du? Bei großen Gewinnen ist dann auch Gefahr nie weit. Wenn da was krumm läuft. Illegale Tests hier in Deutschland halte ich für gänzlich ausgeschlossen, im Ausland ja, vielleicht, weit weg, aber hier? Na ja, wir werden sehen, was die Ergebnisse bringen. Pass solange auf dich auf, hörst du? Ein gut geschriebener Insiderbericht aus der Psychiatrie reicht allemal, auch ohne Mord und Totschlag. Bis bald, ich komme dich wieder besuchen.«

Die kleine Gruppe am Teich erwartete Regener bereits sehnsüchtig. Die Schwesternschülerin hatte um das ihr anvertraute Schäfchen gebangt, und der Rest schmachtete den Tabakwaren entgegen – angeblich Kuba-Import –, die sie nicht oft zu sehen kriegten. Andächtig und ohne ein Wort zu sagen pafften sie die Kolben weg. Dann fühlte der Kaiser die Notwendigkeit, ein selbstverfasstes Gedicht zu rezitieren – dies eine Notwendigkeit, welche die Hörerschaft nicht fühlte. Kurz nach Ende des Vortrags war es auch schon Zeit, zurückzugehen.

Auf Station herrschte Chaos. Das totale Chaos. Ausgehend vom Wachzimmer, in dem Mehmet lag. Die Tür zum Wachzimmer stand weit offen. Praktisch das gesamte Personal machte sich an seinem Bett zu schaffen. Dr. Lorenz hatte zwei Elektroden in den Händen und versuchte offensichtlich so etwas wie eine Wiederbelebung. Alle Patienten der B – oder jedenfalls diejenigen, die sich für ihre Umwelt interessierten – standen in Trauben auf dem Flur und verfolgten gebannt das Geschehen. Richard murmelte etwas von »Kann einem Angst machen«. Doris hatte die Schultern hochgezogen und schien in sich hineinkriechen zu wollen. Sven Baumann sah so weiß im Gesicht aus, als hätte er kein Blut im Körper.

Regener und Eli versuchten herauszufinden, was vor sich ging, sahen sich aber einer fest umrissenen Wand in Gestalt von Schwester Hildegard gegenüber.

»Herr Regener, Frau Sudfeldt, stehen Sie uns nicht im Weg herum. Hier gibt es nichts zu sehen, gehen Sie auf Ihre Zimmer! Das gilt auch für alle anderen, machen Sie bitte sofort Platz!«

Alle machten sich auf den Weg ins Raucherzimmer. Es wurde voll, die Stimmung war angespannt. Naima, sonst im Vergleich ein Vorbild an Nervenstärke, war außer sich:

»Mehmet ist tot! Tot, verdammt noch mal! Schon wieder einer gestorben! Die werden uns hier noch alle umbringen mit ihrem Scheißzeug! Ich will sofort hier raus, verdammt!«

»Jetzt komm mal runter«, meinte Eli, »was ist denn überhaupt passiert?«

»Karin ist tot und Mehmet stirbt oder ist schon tot – das ist passiert! Und beide haben dieses Lantatrin gekriegt!«

»Mehmet hat auch Lanta gekriegt? Sicher?«, fragte Peter und kaute auf einer Nagelhaut.

»Ja, hat er mir mal gesagt. Das Zeug will ich nicht mehr, ich nehm den Kram nicht, auf keinen Fall. Ich nehm überhaupt keine Medikamente mehr! Ich bin doch nicht verrückt! Und ich gehe jetzt nach vorne und sag denen das, basta!«

Naima sprang auf, die Tür knallte wie Donnerhall, und weg war sie. Doris flatterte hinterher, immer auf der Flucht vor ihren Schatten. Abermals knallte die Tür, was Naimas finalen Schlusspunkt »Basta!« recht eindrücklich unterstrich (und Eli zur Weißglut trieb).

Die Patienten schwiegen bedrückt. Dann ergriff Richard das Wort:

»Weiß nicht. Bisschen seltsam ist das schon. Hoffentlich kommt er durch. Und dabei wollte er doch gar nichts nehmen, wollte Therapie. Ich dachte, er hätte alle Medikamente abgesetzt ... Ein Glück, ich nehm Lithium, nicht dieses L-Zeug.«

»Moment mal«, sagte Sven Baumann und rückte seinen Stuhl energisch nach hinten, »wir wissen nichts. Das sind jetzt alles wüste Spekulationen. Ihr solltet euch da in nichts reinsteigern. Ich bin sicher, dass die Medikamente helfen und keinesfalls schaden.«

»Aha, und du bist jetzt hier der Experte oder was?«, sagte Peter, gereizter als gewöhnlich. »Dann sag mir doch, wieso geht's ihm dann so schlecht? Verdammt, ich hab Angst! Das ist doch nicht normal!«

»Wie gesagt, ihr solltet euch beruhigen«, erwiderte Baumann mit autoritärer Stimme und zählte auf: »Er hat geraucht, er hat sich aufgeregt, er hat eine Weile gelegen. Da kann der Kreislauf schlappgemacht haben. Ich sagte bereits: Wir wissen nichts, nada, niente.«

Erneute Gedankenpause. Dann piepste Sumeika aus dem Hintergrund: »Ich nehme auch LantatrinCetaMX. Aber es wirkt gar nicht richtig.« Alle blickten überrascht auf die junge Deutschtürkin, die bisher bei den Zusammenkünften im Raucherraum nie ein Wort gesagt hatte.

»Ist doch eh alles scheiße«, brummte Manfred und erntete ein Kopfnicken von Matthias.

»Wir sollten mit jemandem reden«, sagte Regener dann langsam in die wieder einsetzende Stille, in der alle tief an ihren Zigaretten zogen. »Das hier sollte untersucht werden.«

Eli, ganz Wissenschaftlerin, war nicht überzeugt. »Wir sollten erst mal abwarten. Das kann jetzt auch alles ein Zufall sein. Eine Koinzidenz. Sven hat recht, wir wissen noch viel zu wenig, als dass wir einen Zusammenhang herstellen können.«

»Bisschen viel Zufall«, murmelte Peter bitter, »wir sind doch hier die reinsten Versuchskaninchen.«

»Wie meinst du das?«, hakte Regener ein.

»Möchte nicht wissen, was die alles an uns ausprobieren«, erwiderte Peter. »Ist euch schon mal aufgefallen, dass man in der Klinik grundsätzlich neue Medikamente bekommt? Bei meinem Psychiater zu Hause habe ich von dem Stoff, den ich dann hier kriege, noch nie was gehört.«

»Ja, schon«, meinte Eli, »das wundert mich aber nicht. In einem Krankenhaus kriegt man immer die neuesten Medikamente, von denen die Hausärzte noch nichts gehört haben. Die dürfen uns aber nichts geben, was nicht zugelassen, also getestet, ist. Das sind umfangreiche Verfahren und ...«

»Genau, testen«, sagte Peter verschwörerisch, »und an wem, glaubst du, testen die das?«

»Peter«, erklärte Eli feierlich und legte ihm die Hand auf die Schulter, »du bist paranoid.«

»Bin ich nicht! Überleg doch mal: Wer nimmt denn schon freiwillig an einer Studie über Psychopharmaka teil, die neu auf den Markt kommen sollen? Niemand! Nein, wenn du mich fragst, die testen das genau an solchen Leuten wie uns, auf Stationen wie dieser hier mit Leuten, nach denen keiner mehr fragt. Und außerdem mal grundsätzlich und überhaupt: Wusstet ihr, dass die Lebenserwartung drastisch sinkt mit der regelmäßigen Einnahme von Psychopharmaka? Man stirbt zwanzig bis fünfundzwanzig Jahre früher, wenn man diese Pillen nimmt.«

Nach Peters dramatischer Eröffnung sank das Stimmungsbarometer, dessen Wert auf der Skala bereits unter dem Gefrierpunkt gelegen hatte, noch einmal beträchtlich. Die Luft in dem kleinen Raum ließ sich nicht mehr als solche bezeichnen. Sumeika stand ohne einen Mucks auf und ging leise hinaus, wobei sie die Tür festhielt, damit sie nicht knallte. Eli sah ihr anerkennend nach.

»Nein, das wusste ich tatsächlich nicht«, sagte Regener. »Woher weißt du das? Bist du sicher? Das wäre ja ein Skandal.«

»Na ja.« Eli war skeptisch. »Ihr wisst schon. Viele hier leben aber auch total ungesund. Rauchen wie verrückt, sind zu dick, machen keinen Sport und so. Und einige bringen sich ja auch um ...«

»Genau!« Sven applaudierte pantomimisch »So ist es. Ungesunde Lebensführung. Voilà.«

»Trotzdem«, beharrte Peter an seinen Nägeln knibbelnd, »ich hab's im Internet gelesen. Das ist alles schon berücksichtigt. Zwanzig bis fünfundzwanzig Jahre weniger.«

Alle schwiegen. Richard steckte sich die nächste Kippe an der vorhergehenden an. Manfred ging hinaus, die Tür knallte. Die Atmosphäre war so gemütlich wie bei einem Schneesturm in der Antarktis.

Martin nahm sich einmal mehr vor, umgehend zum Thema Lebenserwartung bei Einnahme von Psychopharmaka zu recherchieren, wenn er wieder draußen war. Zwanzig bis fünfundzwanzig Jahre – das war eine lange Zeit. Seltsam, dass er davon bisher noch nie etwas gehört hatte. Oder setzte Peter da unbewiesene Gerüchte in die Welt? Und zudem – es blieb die Tatsache, dass die Leute hier nun mal psychisch krank waren und behandelt werden mussten.

Vorsichtig sagte er: »Aber irgendetwas nehmen muss man schon, nicht? Was will man denn machen ohne Medikamente? Es liegt doch schließlich an einem fehlerhaften Stoffwechsel, wenn man ... ähm ... also Stimmen hört oder so. Diabetes zum Beispiel ist auch eine Stoffwechselerkrankung.« »Nichts für ungut«, fügte er hastig Richtung Peter hinzu, der bei »Stimmen hört« aufgemerkt hatte.

Nun fühlte sich Eli wieder angesprochen, die längst alles gelesen hatte, was es zu der ganzen Angelegenheit zu finden gab.

»Mag sein«, sagte sie, »da streiten sich die Gelehrten, und zwar schon lange. Entstehen Psychosen durch Umwelt oder Biologie? Das ist die große Frage. Die einen sagen, der Stoffwechsel funktioniert nicht, wie er sollte, und dann kommt der Wahnsinn. Die anderen sagen, erst kommt der Wahnsinn und dann läuft der Stoffwechsel nicht mehr rund. Anders ausgedrückt: Du hast Probleme und Sorgen, das verändert deine Biochemie und du wirst wahnsinnig. Oder: Deine Biochemie ändert sich, was dir Probleme und Sorgen bis zum Wahnsinn bereitet. Man weiß eben im Grunde nicht, was zuerst da war, Henne oder Ei. Schließlich verändert sich dein Stoffwechsel auch, wenn du verliebt bist oder mit dem Auto einen Unfall baust, wenn du verstehst, was ich meine. Momentan tendieren die Psychiater dazu, dass der Wahn durch eine Stoffwechselstörung verursacht wird, die genetisch bedingt ist. Und wenn dann irgendwas passiert, Liebeskummer oder so, dreht man eben durch. Alles in allem hat der Wahnsinn ›bio-psycho-soziale Ursachen‹, sagen die Ärzte, was so viel heißt wie: Wir haben leider keine Ahnung, kommen Sie bitte in hundert Jahren wieder, vielleicht wissen wir dann mehr. Ist übrigens noch gar nicht lange her, dass man versuchte, Verrückte zu kurieren, indem man ihnen Teile des Gehirns wegschnitt – muss man sich mal vorstellen!« Bei den letzten Worten tippte sich Eli an die Stirn und schauderte. Lobotomie – zu schrecklich, um es sich auszumalen. Sven Baumann guckte steinern.

»Hm. Ich verstehe.« Martin schaute mitfühlend auf die anderen. Ein ordentliches Päckchen, was sie da zu tragen hatten. »Und was ist mit Psychotherapie?«, fragte er dann. »Habt ihr es mal damit versucht?«

Eli, für die Psychotherapie in etwa das Gleiche war wie Kreistänze zur Mondin und tantrische Heilungsrituale nach Art der Schamanen, hob die Brauen, sagte aber nichts. Sie wusste, dass einige Patienten von der Therapie profitierten, hatte aber selbst schon drei Seelenkundler verschlissen und die Mitglieder der Zunft als Quacksalber abgetan.

Peter hingegen antwortete: »Ich hatte mal einen Psychotherapeuten, mit dem konnte ich gut reden, das hat mir geholfen. Aber der ist gestorben, und dann hatte ich eben keinen mehr. Ist gar nicht so einfach, einen guten zu finden, der wirklich auf dich eingeht und dich so nimmt, wie du bist. Man muss sich schon gut mit Psychosen auskennen und wissen, wie man die Leute anspricht – manchmal denke ich, das können nur Verrückte untereinander, die anderen fürchten sich so vor uns, denen ist das alles unheimlich. Oder sie verstehen es einfach nicht, und das macht sie dann sauer.«

Eli nickte. In der Tat war zwischen »Verrückten« und »Nichtverrückten« immer eine gewisse Spannung, eine Reserviertheit spürbar. Sobald »es« klar war, war die Unbefangenheit dahin, verkrampfte sich die Situation. Wenn man von seinen Problemen erzählte, nickten die »Normalen«, machten »Ähm ... hm« und schauten weg. Kaum jemand traute sich, Fragen zu stellen. Eli wusste nicht, woran das lag. War das Thema zu unheimlich? Oder zu traurig?

»Manchen Therapeuten sind Psychosen auch zu heikel«, fuhr Peter fort, »oder sie erzählen nur so Psychozeugs wie ›Spüren Sie Ihrem inneren Kind nach‹, ›Kommen Sie mit Ihrem Atem einfach im Hier und Jetzt an‹ oder ›Setzen Sie Ihre Gedanken auf eine Wolke und lassen Sie sie davonziehen‹ ...« Peter verdrehte die Augen, Eli tat es ihm gleich.

Auch ihr hatte man Achtsamkeit, die neueste Mode auf dem Therapiemarkt, empfohlen, was sie jedoch umgehend unter Nonsens verbucht hatte. Nicht, dass sie etwas gegen Meditation gehabt hätte, sie meditierte im Gegenteil sehr gerne, am liebsten mit einem geistigen Getränk auf einem Barhocker – zumal man in einer Bar immer jemanden fand, der einem bei der inneren Einkehr half.

Was jedoch die Meditation im Schneidersitz auf einer Yogamatte anging, war sie skeptisch, seitdem sich bei einer vom Therapeuten empfohlenen Übung nicht nur haufenweise unerwünschte Gedanken eingestellt hatten, sondern auch Juckreiz. Als Philosophin verstand sie auch nicht, warum es erstrebenswert sein sollte, Gedanken einfach davonziehen zu lassen. Was wäre etwa gewesen, wenn Descartes sein »Ich denke, also bin ich« in ein »Ich atme, und damit Schluss!« umgewandelt hätte? Was, wenn Kant den kategorischen Imperativ geistig auf ein Papierschiffchen gesetzt und es hätte davonschwimmen lassen?

Nicht ihre *Gedanken* waren das Problem, dachte Eli oft, sondern ihre *Gefühle*. Die katapultierten sie aus himmlischen Gefilden direkt in die ewige Verdammnis, aus der ihr die Gedanken dann wieder hinaushelfen mussten.

Überhaupt hatte sie im Laufe der Zeit schon einige Wechselfälle des Psychobusiness erfahren. Zu Beginn ihrer Erkrankung, in der Reformpsychiatrie, war die konfrontative Therapie angesagt gewesen: Man stieß die Verrückten mit der Nase auf ihren Wahn. Eine Methode, die vor allem die Depressiven zuverlässig um den Verstand brachte. Dann hieß es, Psychotiker sollten Therapie gänzlich meiden, stattdessen auf Medikamente setzen. Einige Jahre später riet Elis damaliger Psychiater von Medikamenten eher ab und mahnte wieder zu Seelenkunde und

Gesprächen – der Nächste allerdings versuchte es dann wieder mit der konfrontativen Methode.

Im Laufe der Behandlung hatte Eli zudem eine Unmenge an Diagnosen erhalten, mit sich jeweils ausschließenden Symptomen, die sie allesamt nicht hatte – bis auf gute und schlechte Laune natürlich. Na und, dachte sie. Jeder war doch mal besser und mal schlechter drauf, das war ganz normal. So viele Diagnosen wie Psychiater– wenn das Wissenschaft war, blieb Eli doch lieber bei der Philosophie.

Sehr beliebt zu Beginn von Elis Psychiatriekarriere war auch die sogenannte »schizophrenogene« Mutter – Frauen also, die angeblich ihre Kinder durch eine ungünstige Mutter-Kind-Bindung in den Wahnsinn trieben. Eli liebte ihre Mutter von ganzem Herzen, doch sie hatte ihr, im Vollgefühl gerade erfahrener Therapieweisheiten, während einer Visite im Krankenhaus klipp und klar mitgeteilt, dass diese schuld sei an Elis psychischer Erkrankung. Der Arzt hatte dazu nur genickt und nichts unternommen, um den Raketeneinschlag zu mildern.

Elis Mutter hing mit jeder Faser an ihrem Mädchen. Sie hätte alles, aber auch alles für ihr wildes Kind und seine Capricen getan und ob dessen Schuldspruch um ein Haar selbst den Verstand verloren. Damals hatte sie, ein Mensch so beherrscht wie eine Königinnenwitwe, vollkommen die Fassung verloren und war weinend aus der Klinik gelaufen. Welche Mutter, welcher Vater mochte mit einer solchen Last auf dem Gewissen leben? Sie war dann einer Selbsthilfegruppe beigetreten, in der man sich gegenseitig half, über die Runden zu kommen. »Haben wir alles falsch gemacht?«, fragten die Eltern einander bange, während das Gespenst der Schuld sie angrinste. »Nein!«, versicherte man sich. Man müsse nun nach vorn schauen! Den Kindern zur Seite stehen, so gut es eben ging. Auch mal an sich selber denken.

Eli und ihre Mutter vermieden seitdem Gespräche, die Themen wie Kindheit, Erziehung und Psychologie auch nur streiften.

Jetzt, etliche Jahre später, war von der verrückt machenden Mutter absolut keine Rede mehr. Im Zuge einer Hundertachtzig-Grad-Drehung redete man nun vielmehr den Kranken ein, dass sie im Schoße der Familie immer noch am besten aufgehoben seien. Eli, die in den Kliniken allzu viele Familien gesehen hatte, gegen die eine Zusammenkunft rivalisierender Cosa-Nostra-Clans ein Wiegenfest gewesen wäre, zog aus alldem den Schluss, dass man im psychiatrischen System nur überleben konnte, wenn man die Ohren bei jeder Art Hilfe grundsätzlich auf Durchzug stellte und sich allen therapeutischen Ratschlägen verschloss. Vor allem, wenn sie in Gestalt des von Peter erwähnten »Psychozeugs« daherkamen.

»Sag mal, Martin«, meldete sich Richard nun aus dem Off, »ich bin dafür, nach vorne zu gehen und denen zu sagen, dass keiner mehr LantatrinCetaMX einnehmen wird. Bist du dabei?«

Die kleine Gruppe – Martin, Eli, Peter, Richard und der stille Matthias (Sven Baumann hatte sich verdrückt) – marschierte Richtung Ärzteraum. Sowohl dort als auch im Wachzimmer herrschte immer noch hektische Betriebsamkeit, aber stellenweise auch eine Art seltsamer, unwirklicher Ruhe. Mittlerweile war ein Notfallteam eingetroffen, das sich ebenfalls an der stillen Gestalt zu schaffen machte. »Wir haben ihn verloren«, sagte einer der Ärzte schließlich resigniert.

»Es ist also Tatsache«, murmelte Eli, »Mehmet ist tot. Verdammt.«

»Bitte gehen Sie aus dem Weg.« Schwester Hildegard stand mit hochrotem Kopf vor ihnen und fuchtelte, ganz gegen ihre Art, wild mit den Händen in der Luft herum. »Gehen Sie auf Ihre Zimmer. Sie sehen ja, wir haben hier einen Todesfall.«

»Wir möchten einen Arzt sprechen«, sagte Martin. »Möglichst bald. Ich sehe, dass Sie jetzt beschäftigt sind, aber wir möchten so bald wie möglich einen Arzt sprechen.«

»Wir wollen und wir werden das Lantatrin nicht mehr nehmen. Wir wollen überhaupt keine Pillen mehr! Daran stirbt man!«, schrie Naima, die breitbeinig in der Gegend stand, die Hände in die Seiten gestützt.

Schwester Hildegards Kopf wurde womöglich noch röter. »Das bespreche ich nicht mit Ihnen! Nicht hier und nicht jetzt! Die Medikamente bespricht man ...«

»... in der Visite«, echoten alle, außer Martin, der den Chor etwas verwundert betrachtete.

Doch Naima war nicht auf einen späteren Zeitpunkt zu vertrösten.

»Wir wollen aber ab sofort nichts mehr! Hier geht es schließlich um Leben und Tod!«

»Jetzt werden Sie mal nicht dramatisch, Frau Sebuturo. Er ist mit Sicherheit nicht an der Medikamenteneinnahme gestorben! Es ist vollkommen abwegig, hier einen Zusammenhang zu vermuten. Die Medikamente schaden Ihnen nicht, sondern sie helfen Ihnen, und überhaupt, Sie werden hier regelmäßig ärztlich untersucht. Wir wissen zum jetzigen Zeitpunkt noch gar nicht, wodurch er zu Tode gekommen ist. Es ist viel zu früh für die Nennung einer Todesursache. Das ist alles, was ich Ihnen momentan dazu sagen kann. Und eine Medikamentenrevolte werde ich hier nicht dulden! Bitte gehen Sie jetzt alle auf Ihre Zimmer. Und versuchen Sie, zur Ruhe zu kommen!«

Die Medikamentenvergabe am Abend verlief äußerst unruhig. Nicht nur, dass die Patienten kein Lantatrin mehr einnehmen wollten – viele wollten die Pilleneinnahme komplett verweigern. Das diffuse Unbehagen, das viele Kranke im Hinblick auf die Arzneien mit ihren nicht unbeträchtlichen Nebenwirkungen verspürten, hatte sich schlagartig zu einer gänzlichen Ablehnung verdichtet. Das Personal – ohnehin schon belastet durch den Todesfall – schien einigermaßen ratlos. Man hatte Helfer von anderen Stationen angefordert, bullige Typen, die einem Sicherheitsdienst hätten angehören können, aber angesichts von Trauer und Angst der Patienten nicht viel ausrichten konnten. In Einzelgesprächen versuchten Schwestern und Pfleger, die Gemüter zu beruhigen, doch noch bis in die späte Nacht hinein saßen die Patienten im Raucherzimmer und diskutierten sich die Köpfe schwindelig. Manche weinten – um das Leid in der Welt, um sich selbst, um Mehmet. Zwar war man auf der geschlossenen Station in der Regel nicht sehr lange beieinander, doch wurden die Beziehungen unter den Patienten innerhalb kürzester Zeit sehr persönlich. Man fühlte mit. Was dem einen geschah, geschah auch dem anderen. Und so fühlten alle den Verlust, der sie an diesem Tag ereilt hatte.

Zwangsmaßnahmen waren seitens der Klinik bisher nicht getroffen worden – man hatte die Medikamenteneinnahme nicht forciert. Hingegen hatte Pfleger Ebermann nach dem Abendessen, welches allgemein recht schweigsam verlaufen war und bei dem niemand so richtig Appetit zu verspüren schien, angekündigt, dass man in der Morgenrunde am nächsten Tag auf sie alle »zukommen« werde, und zwar im Beisein aller Ärzte – auch dem der Chefärztin.

Bei den Diskussionen im Raucherzimmer hatten die Patienten auf Martin Regener geblickt. Irgendwie war er zu einer Art Sprecher der Gruppe, zu einem Anführer geworden mit seiner ruhigen und vernünftigen Art. Er hatte zu Besonnenheit gemahnt, aber auch gesagt, dass auch er das LantatrinCetaMX nicht mehr einzunehmen gedenke. Diesbezüglich war man sich einig: Dieses Medikament würde nun keiner mehr akzeptieren. Nur Sven Baumann hatte hier offen Einspruch erhoben.

»Wir sind doch alle hier, um gesund zu werden, oder? Ich jedenfalls möchte so schnell wie möglich raus hier, ihr nicht? Das hier hält doch niemand aus, verdammt ...«

Damit war er aus dem Raum gerannt und hatte sich vor das Schachbrett gesetzt, die Arme fest vor der Brust verschränkt.

Donnerstag

Am nächsten Morgen war die Stimmung sogar noch angespannter. Von Nachtruhe hatte keine Rede sein können – kaum einer hatte ein Auge zugetan. Schon beim Frühstück wartete man gespannt auf die Morgenrunde.

Naima versicherte weiterhin eisern, dass sie »genug von dem Dreckszeug« habe und »überhaupt nichts mehr« wolle außer »nur noch raus hier«.

Peter sagte überhaupt nichts, jedenfalls nicht zu den anderen Patienten. Mit seinen Stimmen hingegen war er in einem angeregten Dialog.

Schwester Hildegard hatte Regener direkt nach dem Aufstehen beiseitegenommen.

»Sie verwickeln sich da in etwas, was mir gar nicht gefällt, Herr Regener«, hatte sie gesagt. »Sie nehmen sich die Unglücksfälle viel zu sehr zu Herzen, verstricken sich in die Angelegenheiten der anderen Patienten. Gebrauchen Sie Ihren Kopf nur für sich selbst! Versuchen Sie doch bitte in Ihrem eigenen Interesse, allzu engen Kontakt zu Ihren Mitpatienten zu vermeiden.

Sie wollen doch sicher auf eine offene Station, oder? Denken Sie daran: Die Medikamente sind vollkommen sicher, sie helfen Ihnen, gesund zu werden. Wir können es hier nicht gebrauchen, dass uns jemand die Leute rebellisch macht!«

Dann hatte sie ihn nochmals scharf angesehen und ihm dringend geraten, später am Sportangebot teilzunehmen. »Bewegung ist das A und O auf dem Weg zu einer gesunden Psyche!«

Eli, gesünder als ein junges Kätzchen auf dem Weg zur Milchschale, betrachtete alles aus der Warte einer Philosophin, die dem Welträtsel interessiert gegenübersteht. Medikamente nahm sie nun mal nicht, basta. Und wenn man sie fixierte, na und? Das einzig Blöde am Fixiertwerden war, dass man nicht rauchen konnte, dachte sie, und beschloss, ins Raucherzimmer zu gehen, um sich vorsichtshalber noch eine anzuzünden. Mehmets Tod allerdings ... Sie konnte nicht behaupten, dass sie das kaltließ.

Zehn Minuten später saßen alle um den Tisch im Essbereich. Wie angekündigt war auch die Chefärztin, Frau Dr. Naumann, erschienen, hielt sich jedoch im Hintergrund. Sie war hellblond, ein kühler Typ Frau mit scharfem Blick, bekannt für klare Analysen, ließ sich mit den Patienten jedoch kaum auf tief gehende Gespräche ein. Vor allem nicht mit Eli, die Dr. Naumann bei einem vorausgegangenen Aufenthalt eine gute Dreiviertelstunde in eine Diskussion über den Wahnsinn, die Welt und das Warum des Lebens verwickelt hatte und die die Chefärztin seitdem ausschließlich mit Zweiwortsätzen bedachte.

Oberarzt Dr. Steinfels begann mit den Worten »Guten Morgen zusammen. Ich hoffe, dies wird ein halbwegs guter Morgen und trotz der Umstände auch ein halbwegs guter Tag.«

Er fuhr fort, indem er sein Bedauern über Mehmets und auch nochmals über Karins Tod mitteilte. Er könne sich vorstellen, sagte er, dass das den Patienten zu Herzen gehe. Man werde die Todesfälle genauestens untersuchen, allerdings gebe es nicht den leisesten Grund zur Panik, schon gar nicht im Hinblick auf die Medikamente. Diese seien sicher, die Nebenwirkungen kalkulierbar. Mit der Einnahme von LantatrinCetaMX jedoch werde man gemäß dem ausdrücklichen Wunsch der Patienten vorübergehend aussetzen. Das Medikament sei zwar hilfreich und gewiss nicht gesundheitsgefährdend, aber da einige Patienten sich so sehr dagegen sträubten – an dieser Stelle hatte er Martin Regener scharf ins Auge gefasst –, würde man diesen Sorgen entsprechen. Die Patienten könnten auf ein anderes Präparat umsteigen. Weiter sagte er:

»Ich verstehe, wie sehr Sie das alles beunruhigt. Es ist sicher sehr schwer, den Tod so hautnah mitzuerleben, das macht bestimmt große Angst. Wir werden alles dafür tun, so rasch wie möglich wieder einen funktionierenden Stationsalltag herzustellen, Sie können uns alle jederzeit ansprechen. Bitte teilen Sie mir nun vor allem mit, wie Sie geschlafen haben. Alles Weitere können wir dann gerne in der Visite besprechen.«

Regener hob vorsichtig den Finger.

»Herr Dr. Steinfels, einige Patienten hier möchten überhaupt keine Medikamente mehr nehmen, ich übrigens auch nicht.«

Steinfels musterte Regener abermals und machte sich dann eine Notiz in seinen Unterlagen. »Davon rate ich ab«, sagte er schließlich. »Die Medikamente helfen Ihnen. Ich denke, wir besprechen das aber lieber nicht in der großen Runde.«

»Aber was«, setzte Regener noch einmal an, »wenn wir uns weigern, die Mittel zu nehmen?«

»Nun ja«, sagte der Arzt und ließ die Worte in der Luft schweben, »Sie wissen ja, wir können Sie eigentlich erst entlassen, wenn sich Ihre Erkrankung gebessert hat. Und die Erkrankung bessert sich nun mal nicht ohne Medizin. Aber das ...«

»... besprechen wir in der Visite«, echote der Patientenchor, in den Regener diesmal einstimmte.

Die Tauben turtelten, die Blumen blühten, und die Wahnsinnigen wähnten einen Sinn, den es geben mochte, vielleicht aber auch nicht. Seitens der Psychiatrie tat man jedenfalls alles, um dem Sinn den Garaus zu machen. Und zwar jedwedem Sinn. Wie schon Rilke gesagt hatte, wurden mit den Teufeln zugleich die Engel vertrieben. Und so kam es, dass manch ein vormals großer Baumeister des Wahns, der Kuppeln aus Ideen errichtet hatte, die ohne Weiteres mit mächtigen architektonischen Gebäuden mithalten konnten, nun planlos durch die Gegend lief, den Kopf voller Trümmer und Schutt.

Regener, Eli und einige andere Patienten waren auf dem Weg zum Sport. Die Visite hatte stattgefunden, ohne ein nennenswertes Ergebnis erbracht zu haben. Dr. Lorenz hatte gegenüber jedem Einzelnen erklärt, dass man »ohne Krankheitseinsicht« nicht mit einer Verlegung auf die offene Station rechnen konnte, geschweige denn mit einer Entlassung. Im persönlichen Gespräch mit Regener hatte er sich diesen noch einmal ganz besonders vorgeknöpft: Ob er nicht ein wenig zu besorgt sei? Sich in etwas hineinsteigere? Oder sich vor den Karren der anderen spannen lasse? Immerhin sei er doch das erste Mal in der Psychiatrie, da solle er doch zusehen, dass es auch sein letztes Mal sei. Er habe ja schon fast so etwas wie einen querulatorischen Wahn! Er sei hier jedenfalls vollkommen sicher und müsse sich nicht das kleinste bisschen Gedanken machen. Er sei hier, um sich auszuruhen, Aufregung schade ihm, und die Medikamente seien eine Wohltat.

Eli, mit sich im Reinen wie Unser Herr Jesus Christus, weigerte sich weiterhin, auch nur eine Tablette zu nehmen, und wartete ihren Gutachtertermin ab, den Dr. Lorenz ihr am Montag angekündigt hatte und dem sie ohne die geringste Furcht ins Auge blickte. Nun trabte sie munter hinter den anderen her und freute sich auf ein wenig Bewegung.

Die Sporttherapeutin, Marianne Becker, so frisch, fromm, fröhlich und frei, wie man es sich nur von einer Sportlerin erhoffen konnte, hatte ihre Schutzbefohlenen auf den verschiedenen Stationen eingesammelt und führte sie jetzt in die Turnhalle. Eli kam gut mit der patenten Fachkraft klar, war sie doch mit ihr einer Meinung, dass sich Hirngespinste an der frischen Luft sogleich in Nichts auflösten und dass ein ordentliches Zirkeltraining immer noch das beste Mittel gegen zerrüttete Nerven war. Außerdem freute sie sich über jede Gelegenheit, der klaustrophobischen Enge der Station zu entkommen und vielleicht ein kleines Schwätzchen mit Patienten halten zu können, die auf anderen Stationen untergebracht waren.

Vor ihnen war Dr. Lorenz auf dem Weg in die Cafeteria. Der Arzt hielt ein Handy ans Ohr, sprach leise, aber erregt und gestikulierte heftig. Direkt hinter ihm ging Regener.

Lauschte er? Eli schloss zügig zu ihm auf und hakte sich bei ihm ein.

»Na? Alles im Lack bei dir? Musst du heute wieder telefonieren?«

»Das nicht«, sagte Regener, ohne den Blick von Dr. Lorenz zu wenden, »aber wenn du die Sporttherapeutin jetzt ein klein wenig ... beschäftigen könntest – das wäre mir sehr recht.«

»Hm«, machte Eli, in deren Hirn sich auf der Stelle Trillionen Ablenkungsmanöver auftaten. »Ich bin sicher, da wird mir etwas einfallen.«

Sie ließ sich zur Gruppe zurückfallen, während Regener weiter Lorenz' Route folgte, und dachte nach.

Was war da los? Was wollte Martin von Dr. Lorenz? War er am Ende doch paranoid? Wenn nicht, was war er dann? Eli fand, dass es dringend an der Zeit war, das Geschehen auf Station B kriminologisch-philosophisch zu untersuchen:

ad 1) Karin und Mehmet waren tot. Beide hatten LantatrinCetaMX genommen. Logischer Schluss: Das Medikament war schädlich. Sonst wäre es ja auch nicht abgesetzt worden. Okay, vielleicht ein voreiliger Schluss, aber wie sagte man: »Wenn du Hufgetrappel hörst, denk an Pferde« – man sollte zunächst an die nächstliegende Erklärung denken.

ad 2) Zeitgleich war Martin Regener auf Station aufgetaucht – nie im Leben ein Patient wie alle anderen, der in alle Vorgänge, die mit LantatrinCetaMX zu tun hatten, seine Nase steckte. Logischer Schluss: Das Medikament war a) schädlich, und Regener war b) an der Sache dran.

Fertig. Bravo. Professor Sudfeldt, Fachgebiete Philosophie und Tequiladistik, gratulierte sich zu ihrer sauberen Beweisführung. Blieb die Frage: Was genau war »die Sache«? Lag hier ein Verbrechen vor? Eli, die auf der stürmischen See ihres Lebens von einer brüchigen Planke zur nächsten geschleudert wurde, hielt sich gern an Fakten. Und für ein Verbrechen gab es zurzeit noch keinen Beweis. Aber immerhin gab es einen Verdacht – und ein Verdacht rief nach Verdächtigen. Dafür kamen infrage:

ad 1) Weber. Sie konnte den Mann nun mal nicht ausstehen. Basta.

ad 2) Die Chefärztin. Es war ihr Haus, oder nicht? Und damit ihr Verbrechen. Schwer vorstellbar allerdings, dass die kompetent-sachliche Dame an einer Straftat beteiligt sein könnte. Trotzdem: Verdächtige Nummer zwei.

ad 3) Dr. Lorenz. Den wollte Regener immerhin gerade überwachen, wie es schien, und außerdem mochte Eli ihn nicht besonders. Sie fand ihn zwar nicht so schlimm wie Weber, aber schlimm genug. Zu kühl, der Mann, sah einen an, als wäre man eine Ratte im Labor.

ad 4) Schwester-Hildegard-Ebermann-die-kleine-Dorothee. Man konnte niemanden ausschließen in einem Kriminalfall, das wusste sie aus zahlreichen Büchern. Obwohl Eli alle drei ganz gern mochte. Hildegard Suttler, so tüchtig wie fachlich korrekt, hatte sie letztens beiseitegenommen und versucht, ein Gespräch zu beginnen. Dabei hatte sie Taktgefühl bewiesen, was Eli zu schätzen wusste, wenngleich sie ein Gespräch über ihre Probleme – Probleme? Welche Probleme? – grundüberflüssig fand. Pfleger Ebermann war stets herzlich und geduldig mit den Patienten, und die kleine Dorothee war, nun ja, süß. Manchmal brachte sie selbst gebackenen Kuchen für die Patienten mit.

Aber trotzdem. Verdächtig war jeder, so viel war klar.

Eli seufzte. Sie war nicht paranoid, oder? Wenn sie so weitermachte, sah sie bald weiße Mäuse. Es wurde Zeit für Sport. Zeit, sich Regener mal vorzuknöpfen. Und höchste Zeit für ein kleines Ablenkungsmanöver.

Sie schob ihre Gedanken beiseite und ließ sich krachend auf ein Knie fallen.

»Woher soll ich das wissen, verdammt? Ich hab doch ... Ja ... Nein, er war noch nicht so alt ... Herz? Wie meinst du das? ... Nein, ich weiß es einfach nicht! Nein, ich habe es angeordnet ... Was? Ja ich kümmere mich, Weber wird nachher ... Im Moment bekommen sie gar kein Lanta mehr, du kannst dir nicht vorstellen ... Was? Ja, was kann ich denn dafür, ich ...«

Martin konnte nicht viel verstehen, obwohl er so dicht wie möglich hinter Dr. Lorenz herging. Der blieb plötzlich stehen und zog ein Diktiergerät aus der Hosentasche. Martin wäre um ein Haar auf ihn geprallt.

»Herr Regener«, sagte Lorenz irritiert, schaute ihn prüfend an und schaltete das Handy aus. »Ich glaube, Sie haben sich von Ihrer Gruppe entfernt. Sollten Sie nicht beim Sport sein? Gehen Sie jetzt bitte sofort zu den anderen. Ich komme nachher noch einmal auf Sie zu.«

Martin nickte, hielt den Mund und machte kehrt. Was hatte er da gerade mit angehört? War Lorenz verdächtig? Als Stationsarzt war er dicht dran an den Patienten. Mit wem hatte er telefoniert? Wenn es hier illegale Tests gab, musste es doch etwas Schriftliches geben, Aufzeichnungen, Daten! Irgendein Verzeichnis, wem man welche Dosis wann verabreicht hatte. Was konnte das sein? Und vor allem: Wo? Stationszimmer? Dienstzimmer? Beim Täter privat unter Verschluss? Er musste die Daten finden, sich die Computer angucken. Dr. Lorenz musste – wenn er beteiligt war – einen Komplizen haben, konnte die Medikamente nicht allein stellen. Praktisch jeder Diensthabende der Station kam infrage. Regener traute Weber eine Komplizenschaft zu, aber natürlich konnte es ebenso gut Schwester Hildegard sein oder Ebermann, bei Weitem der angenehmste Pfleger der B. Mit Vermutungen kam er jedenfalls nicht weiter. Zuerst musste er wissen, ob es überhaupt eine Geheimstudie gab ... Nicht, dass er sich da in ein Hirngespinst verrannte, am Ende Verbrechen sah, wo es keine gab. Er konnte allmählich nachempfinden, dass hier einige Insassen Wahn nicht von Wirklichkeit unterscheiden konnten.

Martin und Eli waren zurück auf der B. Die Zusammensetzung der Station hatte sich verändert. Nach der Visite waren einige Patienten auf offene oder andere geschlossene Abteilungen verlegt worden, vielleicht auch, um dem Medikamentenaufstand die Spitze zu nehmen. Naima, Peter und Richard waren keine Patienten der B mehr. Doris war natürlich geblieben, Sven Baumann auch, der sich ohne Richard und das Schachspiel einsam zu fühlen schien, sowie Franz, Eli und Martin. Neu hinzugekommen waren unter anderem: Odin, der letzte Wikinger, und der Kaiser von Italien, die normalerweise beide auf offenen Langzeitstationen untergebracht waren, aber nun zeitgleich stärker in eine Manie geraten waren und denen man daher eine engmaschigere Beobachtung verordnet hatte.

Die Stimmung auf der B war nun eine andere. Alles, was noch eine Nacht zuvor und auch noch am nächsten Morgen hohe Wellen geschlagen hatte, war jetzt irgendwie verpufft, kaum noch ein Thema.

Darüber wunderte sich Martin, der nun nach dem Sport in seinem Zimmer saß, auf die Besuchszeit wartete und sich Notizen machte. Stimmungen und Gedanken schienen hier rapide zu wechseln, das war ihm vorher schon aufgefallen. Und offensichtlich änderte sich die Atmosphäre auch mit jedem neuen Patienten. Jeden Tag war die Situation mit dem jeweiligen Befinden der Klienten ein wenig anders, stellte man sich aufeinander ein. Die Patientenschar formierte sich neu, das Beziehungsgeflecht musste anders gewoben werden.

Dr. Lorenz hatte ihn zurück auf Station nochmals angesprochen und ihn ermahnt, »doch etwas mehr Vertrauen in die Behandlung zu setzen«. Dazu sei es unabdingbar, sich an die Regeln, an eine gewisse Struktur zu halten. »Überlassen Sie uns das Denken, Herr Regener«, hatte er in fast schon altväterlichem Tonfall angeordnet, »dafür sind wir da. Wenn der innere Rahmen wegfällt, wird der äußere Rahmen umso wichtiger. Ja, manche Menschen brauchen einen solch festen Rahmen sogar dauerhaft, auch wenn sie das selbst nicht immer einsehen. Für Sie, Herr Regener, ist es momentan sicher besser, wenn Sie noch ein paar Tage in diesem geschützten Raum bleiben – Sie scheinen ja zusehends Panik vor der Medikation zu entwickeln. Sie werden sehen, das gibt sich. Sie können sicher bald auf die Offene, wenn die Medikamente erst einmal anschlagen.«

Dazu hatte er verfügt, dass der Journalist sich heute besser nicht mehr von der Station entfernte, auch nicht mit seinem Besuch. »Nur die Ruhe, Herr Regener, nur die Ruhe.« Das war schlecht, denn Corinna hatte heute vielleicht die Untersuchungsergebnisse dabei – die wollte Martin ohne neugierige Ohren mit ihr besprechen.

Pünktlich um drei traf Corinna Steier ein. Ebenso Weber, schlecht gelaunt wie immer. Und auch Eli – gut gelaunt wie immer. In der Hand eine Tüte Bonbons und mit einem großen Pflaster auf dem Knie. Bei ihrem Fall auf dem Weg zur Sporthalle war sie nicht zimperlich gewesen. Blut war geflossen, Wehrufe waren erklungen, doch dann hatte sie natürlich trotzdem am Sportprogramm teilgenommen, was ihr einen anerkennenden Blick der Sporttherapeutin eingetragen hatte. Martin war schwer beeindruckt gewesen von ihrem selbstlosen Einsatz für ihn.

Nun verfolgte Eli interessiert, dass Regener und seine Kollegin versuchten, möglichst leise zu reden, und anscheinend auf der Hut vor dem Pfleger waren.

Eli half, wo sie nur konnte. Insbesondere ihrem hübschen Lieblingsmitpatienten, insbesondere, wenn sie damit Weber in die Quere kommen konnte. Sie spuckte ein Bonbon aus, krümmte sich und rief: »Oh Gott, die Medikamente! Oh Gott, zu Hilfe!« Damit sackte sie auch schon an der Wand zusammen. Sie hatte eine Schwäche für Dramatik und sterbende Schwäne.

Weber seufzte und verdrehte die Augen. Er hatte für diese Patientin nicht das Geringste übrig, noch weniger als für irgendeinen anderen seiner Schützlinge, und nahm ihr ihren Schwächeanfall nicht ab. Doch sie hatte sich erbrochen, und auf der Station herrschte ohnehin schon genug Unruhe. Also erhob er sich seufzend und ging auf Eli zu. »Dann kommen Sie mal mit, Frau Sudfeldt, wir lassen einen Arzt draufschauen.« Damit verließ er den Besuchsraum, im Schlepptau Eli, die praktisch schon auf dem Weg nach draußen eine wundersame Genesung erfuhr.

»Tja, Martin«, sagte Corinna Steier, die Elis Schauspiel vor lauter Anspannung gar nicht mitbekommen hatte, »so wie es aussieht, könnten wir möglicherweise – ich sage: möglicherweise! – auf einer Spur sein. Genaues weiß ich noch nicht, dafür ist es noch zu früh, aber es gibt laut meinem Bekannten aus dem Labor erste Hinweise, dass die Pillen, die du bekommen hast, nicht mit dem Originalmedikament LantatrinCetaMX identisch sind. Bis jetzt ist es nur ein Verdacht, das Resultat steht noch aus, aber vielleicht müssen wir jetzt die Polizei einschalten. Wenn sich der Verdacht bestätigt – das wäre ein Riesenskandal.«

»Wirklich? Es gibt erste Hinweise? Das ist ja unglaublich!« Martin sprang vom Stuhl, setzte sich dann wieder. »Aber immer langsam.« Er sah sich nach allen Seiten um und senkte die Stimme. »Immer ruhig Blut. Wir wissen also noch nichts Genaues? Und damit wissen wir noch lange nicht, wer dahintersteckt. Und auch nicht, wer hier im Krankenhaus mitmacht bei der Schweinerei. Wenn es eine gibt.«

Auch Corinna hielt es nicht mehr auf dem Stuhl. Sie stand auf, stellte sich vor Martin und sah ihm eindringlich in die Augen.

»Wenn es eine gibt. Genau. Und für exakt diesen Fall haben wir die Kripo. Hier sind Menschen gestorben, Martin! Die

Patienten müssen geschützt werden! Nein, ich glaube, wir müssen die Polizei verständigen. Das ist mir alles zu riskant. Und du, du solltest hier raus.«

»Jetzt beruhige dich doch erst mal. Setz dich und hör mir zu: Die Patienten erhalten momentan kein Lantatrin mehr, es besteht also gar keine Gefahr. Schau mal, ich sehe mich nur ein bisschen um hier, okay? Ich muss nur die entsprechenden Unterlagen finden, dann informiere ich sofort die Kripo, versprochen. Vielleicht findet die Polizei überhaupt nichts, und die ganze Sache geht an anderer Stelle von vorne los. Ich bin jetzt hier, an Ort und Stelle, ich hab die einmalige Chance, die Sache aufzuklären. Verdammt, wenn da was dran ist, ist das eine richtig große Story! Und als psychisch Kranker bin ich doch praktisch unsichtbar, mich nimmt man doch gar nicht wahr! Was soll schon passieren? Ich bin doch hier vollkommen sicher. Übrigens, so einfach ist das gar nicht mit dem Rauskommen, ich hab einen Unterbringungsbeschluss; ich muss also hierbleiben. Und da kann ich doch auch die Zeit nutzen und ...«

»Was?« Corinna, die sich wieder hingesetzt hatte, sprang erneut von ihrem Stuhl auf. »Was heißt das, du hast einen Unterbringungsbeschluss?«

»Ich bin, also ich muss ...« Martin kam ins Stottern. »Ähm, das hab ich dir noch gar nicht erzählt, man hat mich dazu verdonnert, sechs Wochen hierzubleiben, gesetzlich, na ja, lange Geschichte, egal, ich stand auf der Brücke, hatte einen Moralischen und ... also, dann kam die Polizei.«

»Die Polizei?«, echote Corinna. »Die Polizei hat dich hergebracht? Du bist zwangsweise hier? Du ... du musst hier sein, ob du willst oder nicht?« Corinna Steier war schockiert. Ihr

Kollege hatte gerade ... hatte er einen Selbstmordversuch angedeutet?

»Aber Martin, dann ... du bist ... oh, das tut mir leid ...« Corinna rang sichtlich um Worte und schwieg dann betroffen. Ihr Kollege war offenbar sehr viel stärker angeschlagen, als sie vermutet hatte.

»Es geht mir gut! Alles okay, alles halb so schlimm. Und man kann Widerspruch gegen diesen Beschluss einlegen, das werde ich auch machen. Auf jeden Fall habe ich jetzt eine einmalige Chance hier, siehst du das nicht?«

»Nein!« Corinna war nahe daran, mit der Faust auf den Tisch zu hauen. »Das sehe ich nicht! Das läuft so nicht! Und schon gar nicht mit dir, du bist raus, tut mir leid. Du bist krank, Martin, du musst dich ausruhen!«

Sie sah ihm abermals eindringlich in die Augen. »Und hier geht vielleicht – ich sage: vielleicht – jemand um, der bereit ist, den Tod anderer Menschen in Kauf zu nehmen! Ist dir das klar? Das ist kein Spiel, und du bist nicht Sherlock Holmes! Was ist los mit dir? Willst du den Pulitzerpreis so dringend, dass du dein Leben aufs Spiel setzt? Du klingst ja fast schon ein bisschen wie ... wie diese Leute hier – wenn du so weitermachst, wirst du dir noch Alufolie um den Kopf wickeln! Überleg doch mal, was für den Täter, wenn es einen gibt, auf dem Spiel steht! Das ist zu viel für dich, das ist zu viel für jeden! Ich mache einen Riesenaufstand, das kannst du mir glauben!«

»Schrei nicht so, Corinna, die anderen gucken schon her! Pass auf, gib mir wenigstens noch das Wochenende, okay? Wir haben doch noch gar kein Resultat, nur einen Hinweis! Gib mir die Chance, den Täter zu finden, bitte! Schau, ausruhen ist gut und schön, aber ich will viel lieber etwas zu tun haben und ...«

Bevor seine Kollegin etwas erwidern konnte, kam Weber zurück ins Zimmer. Corinna Steier stand auf, sah Martin nochmals eindringlich in die Augen und sagte: »Dein übertriebener Ehrgeiz wird dich eines Tages noch umbringen! Bis bald, Martin. Pass bitte gut auf dich auf und mach, dass du ganz schnell hier rauskommst! Wir hören voneinander!«

Martin hörte, wie sie im Rausgehen das Schloss ihrer Handtasche auf- und zuschnappen ließ. Das machte Corinna Steier nur, wenn sie wirklich aufgeregt war.

Martin saß im Raucherzimmer und zog nervös an einer Zigarette. Corinna war so ... besorgt um ihn gewesen, hatte regelrecht Angst gehabt. Dass er sich übernahm, sich zu viel aufbürdete. Doch Ehrgeiz war es nicht, was ihn antrieb. Oder doch? Nein, dachte er. Er war mit Leib und Seele Journalist, sah eine Story, wollte sie, das schon. Aber vor allem hielt er die Untätigkeit hier nicht aus, die Ruhe, das Herumsitzen. Er musste sich ablenken von diesen ... Gedanken über sich selbst, das tat nicht gut. Zog ihn runter, machte ihn angespannt, hypernervös. Und die Leute hier brauchten ihn, er war nun der richtige Mann am richtigen Platz, stand auf der richtigen Seite.

Heute Nacht würde er sich im Dienstzimmer umsehen, hatte er beschlossen. Dazu musste er die diensthabenden Pfleger oder Schwestern aus dem Zimmer locken. Nachts waren nur zwei Pflegekräfte auf der Station, von denen jeweils eine in regelmäßigen Abständen einen Rundgang machte und in den Zimmern nach dem Rechten sah. Die andere Pflegekraft blieb im Raum und erledigte Berge von Papier.

Martin würde warten, bis Pflegekraft Nummer eins ihren Rundgang machte. Dann würde er im Dienstzimmer anrufen – er hatte sein Handy nach dem Sport bewusst nicht abgegeben, und man hatte tatsächlich nicht darauf geachtet, es nach dem Ausgang wieder einzusammeln – und Pflegekraft Nummer zwei mit einem vorgetäuschten Notfall aus dem Zimmer locken. Das war der Plan. »Plan« war gut – er musste improvisieren. Viel Zeit, sich umzusehen, blieb ihm nicht, aber es war ein Anfang.

Er sah auf die Uhr. In einer Stunde gab es Abendessen, danach fand die Medikamentenausgabe statt. Dann noch mal drei Stunden bis zur Nachtruhe. Die Zeit dehnte sich ins Unendliche. Nichtstun, Rauchen und Kaffeetrinken – die Dreieinigkeit in der Psychiatrie. Das zehrte ganz schön an seinen Nerven. Ob das für die Kranken heilsam war? Andererseits: Man kam ins Reden. Lernte sich kennen. In der kurzen Zeit hier hatte er bereits die intensivsten Gespräche seines Lebens geführt: über Tod und Teufel, Hölle, Pest und Verdammnis, Gott, Glück und Seligkeit. Alle waren hier so ... nackt. Konnten sich nicht verstellen. Das machte es einem leicht, die anderen abzulehnen, aber auch, sie zu mögen. Die Fassade, hinter der sich die »Normalen« draußen verbargen, hielt hier nicht mehr stand – alle zeigten sich in ihrer Summe, mit ihren ganzen Vorzügen, mit ihren ganzen Nachteilen.

Apropos Nachteile, dachte er, als Doris mit einem lauten Knall ins Zimmer flog. Und apropos Vorzüge, als Eli direkt dahinter auftauchte.

»Ah, Chéri! Konnte ich dir behilflich sein?«, fragte sie ihn beschwingt.

Er sah sie an. Wenn sie morgens im Bademantel in den Raucherraum schluppte und sich die erste Zigarette des Tages anzündete, standen ihre blonden Haare nach allen Richtungen ab und ihre Wimperntusche war verlaufen, sie sah aus wie ein Punk vor dem Exitus. Doch wenn sie einen dann anlächelte oder einem eine Kusshand zuwarf, strahlten ihre bernsteinfarbenen Augen und ihre Lachfältchen wurden zu einem Netz, das Blicke fing. Nun hatte sie sich zurechtgemacht, trug Schmuck und leuchtend roten Lippenstift – sie sah extravagant aus, aber ein klein wenig auch wie ein Kind, das Mutters Kleiderschrank entdeckt hatte. Sein Blick wurde weich.

Gott! Er war Journalist, er war möglicherweise einer großen Sache auf der Spur. Er musste wirklich an etwas anderes denken, ermahnte er sich.

Ohne dass Martin geantwortet hatte, fuhr Eli fort: »Wie wär's nachher mit einem kleinen Ausflug? Ich hab Einzelausgang gekriegt, eine ganze Stunde, und du? Könnten uns an den Teich setzen, ich geb Zigarren aus. Ist so ein schöner, lauer Abend, und wir sitzen hier in der verqualmten Bude. Lass uns nach draußen an den Teich gehen und so tun, als säßen wir in Italien am Meer!«

»Italien am Meer?«, kam es plötzlich von Doris, die einen imaginären Gigolo umarmte. »Ich komme mit!«

Martin und Eli wechselten einen Blick. Doris war nicht ganz die richtige Begleitung für einen lauen Sommerabend, einen Tisch am Meer und ein ... was? Ein Rendezvous?, dachte Martin. Hatte er etwa eine Verabredung? Mit einer strubbelhaarigen Frau in berstender Laune und einem Faible für Riesenzigarren, so verrückt wie der Märzhase?

Nun, Doris würde jedwede romantische Stimmung zwischen Eli und ihm sowieso gar nicht erst aufkommen lassen, so viel stand fest. Doch noch bevor Martin weiter darüber nachdenken konnte, kam Doris – die bereits ins Dienstzimmer gerannt war, um sich für den Weg nach draußen ihr Handy geben zu lassen – wieder zurück in den Raucherraum und zog ein Gesicht.

»Ich habe keinen Ausgang bekommen«, klagte sie. »Nur eins zu eins. Ich hab doch letztens eine Kippe in den Mülleimer im Fernsehzimmer geworfen, hat ‚n bisschen gebrannt …« Ihre Stimme wurde leiser und verlor sich schließlich ganz im blauen Dunst der ungezählten Zigaretten, die im Raucherzimmer angezündet wurden.

»Na, dann gehen wir eben allein!«, sagte Eli. »Nach Italien ans Meer.«

In der Cafeteria war kaum noch etwas los. Martin hatte noch eine Hürde zu überwinden gehabt – schließlich hatte er keinen Ausgang –, doch die strenge Hildegard hatte sich ausnahmsweise erweichen lassen, mit Blick auf die traumatisierenden Ereignisse auf Station. Sie hatten einen Tisch am Teich erwischt, zündeten einträchtig die Zigarren an und schauten über den kleinen Tümpel. Seerosen wuchsen neben Gräsern, und Libellen schaukelten blauflügelig über dem Wasser. Die Luft war warm und duftete nach Lavendel, der überall entlang der Wege gepflanzt war. In den Bäumen machten Tauben ihren Angebeteten den Hof.

Eine Weile sagte keiner ein Wort, doch das Schweigen zwischen ihnen war wie eine leichte Decke, die man sich an einem Sommerabend über die Schultern legt.

Martin schaute Eli an. Ein kleines Schweißtröpfchen hatte sich seinen Weg durch die dichten blonden Haare gebahnt und glänzte nun an ihrem Hals. Sie lächelte, als würde sie sich gerade selbst einen Witz erzählen. War ihm vorher schon aufgefallen, dass sie einen wunderschönen Mund hatte? Einen Mund, der immerzu lachte, oft über sich selbst? Das Gurren der Tauben, die einander nachtrippelten, machte ihn ganz kirre. Einen verrückten Augenblick lang hatte er daran gedacht, ihr alles zu erzählen, sie in die ganze Sache einzuweihen. Im nächsten verrückten Augenblick war er kurz davor, sie zu küssen.

Sie zu küssen? Warum eigentlich nicht? Weil sie Psychiatriepatientin war? Nicht Herrin ihres Verstandes? Weil man nicht wusste, woran man mit ihr war? Aber eigentlich wusste man das: Sie war impulsiv, großzügig und fix im Denken. Hatte Geld aus dem Fenster geworfen, um die Leute glücklich zu machen. Zog sich unmöglich an und sagte immer ihre Meinung. Außerdem hatte sie einen feinen blonden Flaum auf der Oberlippe und überall Sommersprossen. Martin war ... versucht. Fast hätte er seinen Arm um sie gelegt.

Eli rückte ein bisschen näher zu ihm.

»Siehst du das Meer?«, fragte sie, ohne ihn anzusehen. »Siehst du, wie die Sonne darin versinkt?«

Sie blies einen Rauchkringel in die Luft, und einen Moment lang sah Martin einen ganz anderen Ort; eine kleine Trattoria am Mittelmeer, weiße Tischdecken, Rotwein, eine Zwei-Mann-Combo. Dann verblasste das Bild.

»Hör mal, Eli. Dir ist doch klar, dass ... Ich meine, du weißt doch, wo wir hier sind, nicht? Du ... also ... wir ... wir sind nicht ... wir sollten nicht ...«

Eli rückte ein Stück von ihm ab. Sie zuckte die Achseln und sah ihn diesmal an, als sie sprach.

»Weißt du was, Martin? Wenn du so weitermachst, wirst du noch so wie Franz Schneider. Langeweile ist eine Todsünde, das ist dir doch hoffentlich klar. Genieß deine Zigarre, ich gehe schon mal vor, hab noch zu tun. Trotzdem, es war ein ganz nettes Date. Sollten wir wiederholen.«

Damit küsste sie ihn auf die Wange und stand auf.

Martin war verdutzt. Er griff nach ihrem Arm.

»Nun warte doch mal ... Wo willst du denn jetzt hin? Bitte bleib doch ... Entschuldige bitte, ich wollte kein Spaßverderber sein. Ich bin einfach ... nicht besonders gut in so was. Ich ... Egal, du hast recht, es ist wirklich ein schöner Abend. Erzähl mir doch ein bisschen von dir ...«

»Ach«, sagte Eli leichthin und ließ sich wieder neben Martin nieder, »man muss doch nicht immer reden. Und es langweilt mich, über mich zu sprechen. Was in meinem Kopf drin ist, weiß ich eh schon. Was ist mit dir? Du hast wenig Besuch, nicht? Keine Frau, keine Kinder? Bisschen zu viel allein?«

Peng. Elis direkte Art war in der Tat gewöhnungsbedürftig. Außerdem war Martin überrascht. Die meisten Leute redeten gern über sich. War sie verschlossen, wollte nicht bedrängt werden? Er war Journalist, hatte Erfahrung mit Interviews, schon tausendmal mit wildfremden Menschen über die unterschiedlichsten Themen geredet, aber jetzt fühlte er sich unsicher.

»Keine Frau, kein Kind«, sagte er schließlich. »Und ich bin gern allein. Ich hab meine Arbeit, ein paar Freunde, das reicht. Ich ...«

»Deine Arbeit, klar. Hier sitzen einige Leute, die viel Arbeit hatten, weißt du. Man darf's mit nix übertreiben.« Sprach Mademoiselle Sudfeldt, die alles hatte, aber sicher keinen Hang zum Mittelmaß.

»Ich hab's nicht übertrieben. Mir geht's gut. Ich arbeite gern. Alles in Ordnung. Arbeit ist die beste Medizin. Aber so leicht kommst du mir jetzt nicht davon! Mit wem sitze ich denn hier in Italien? Ich weiß, dass du studierst, aber was ist mit dir persönlich, mit deinem Privatleben?«

Oh Gott, das hörte sich ja fast so an, als hätte er sie umgekehrt gefragt, ob sie verheiratet sei, einen Freund habe – als ob er interessiert war! Hastig fügte er hinzu: »Deine Mutter habe ich schon gesehen, aber was ist mit deinem Vater? Hast du Geschwister?«

Eli schwieg einen Augenblick. Dann sagte sie: »Du verwechselst da was, Chéri. Nicht Arbeit, Lachen ist die beste Medizin. Und mein Vater lebt im Pflegeheim. Er hat auch dieses klitzekleine Problem, das hier alle haben. Hat jetzt mittlerweile 'ne ganze Menge Pillen geschluckt, eindeutig zu viele, wenn du mich fragst. Hat den Tatterich. Ich hatte noch einen Bruder, der ist tot. Hat sich aufgehängt. Er hatte das Problem nämlich auch. Wollte nicht damit leben.«

Augenblicklich bereute Martin seine Fragen. Er wünschte sich auf der Stelle in sein Einzelzimmer. Was jetzt sagen? Oder tun? Er selbst war in einer ganz und gar durchschnittlichen Familie aufgewachsen, Mutter Hausfrau, Vater Bauingenieur, er hatte eine Schwester, mit der er ganz gut klarkam. Wie mochte es sein, solches Leid zu erleben?

»Das ... äh ... tut mir wahnsinnig leid«, stammelte er. »Ich ... Also, tut mir leid, ich wollte keinen wunden Punkt ...«

»Schon gut, schon gut, schon gut. Das mit meinem Bruder ist lange her, er hat's mit neunzehn getan. Das erste Mal in der Psychiatrie, du weißt schon.«

Sie schwiegen wieder eine Weile. Dann fuhr sich Eli durch die Haare, die mehr denn je nach allen Seiten abstanden, schüttelte den Kopf und lachte.

»Du hast es aber ganz schön vermasselt mit unserem Date, weißt du das, Martin? Aber das macht gar nichts, denn wenn es jemanden gibt, der weiß, wie man flirtet, dann bin ich das. Bei mir kannst du noch was lernen. Machen wir das nächste Mal. Und weißt du, was wir jetzt machen? Jetzt gehen wir in die Disco!«

Martin saß in seinem Zimmer und hatte sich jeden Gedanken an Eli aus dem Kopf geschlagen. Die ganze Angelegenheit war ohnehin absolut schräg. Sie waren tatsächlich noch kurz in der Patientendisco gewesen – eine Angelegenheit, die in der Kantine stattfand und bei der die meisten Leute rumsaßen und ziemlich gequält guckten, während einige wenige recht ausgefallen tanzten.

Die Musik war laut gewesen, und er hatte sich nicht mehr mit Eli unterhalten können. Die hatte sich ohnehin schon bald aufs Parkett begeben und war unerreichbar in der Musik versunken. Besser so.

Ab morgen würde er strikt auf Distanz achten. Wer wusste schon genau, was in Elis Verstand vor sich ging, was für ein Mensch sie wirklich war? Sie war labil, so viel stand definitiv fest. Und außerdem war er ganz bestimmt nicht auf der Suche, ganz bestimmt nicht.

Es hatte allerdings schön ausgesehen, wie sie getanzt hatte, ganz für sich allein.

Noch eine halbe Stunde, dann würde eine der beiden Pflegekräfte ihren Rundgang machen und er könnte sich im Dienstzimmer umsehen. Zwei Uhr. Einige Patienten waren natürlich dauerwach, egal, um welche Zeit, doch gegen zwei war es trotzdem einigermaßen ruhig.

Auf einmal nervös geworden, ging Martin raus auf den Flur. Der war leer, bis auf Joey, einen 23-jährigen Streuner, der vor Kurzem aufgenommen worden war und an einer Psychose und Suchtproblemen litt. Er bewohnte praktisch den Gang, weil er dort, wie er sagte, dem lieben Gott näher war.

Ein Pfleger der C war bei seinen Kollegen zu Besuch und tratschte: »Ich sag euch, wir haben eine Patientin, die ist voll durchgeknallt, die Alte, voll hinüber, echt plemplem. Soll ich euch sagen, was die heute gemacht hat?«

Martin ging den Gang auf und ab und bemühte sich, möglichst unauffällig zu wirken. Hoffentlich hielt sich diese Type jetzt nicht endlos hier auf. Und hoffentlich verspürte Joey bald das Bedürfnis, sich noch eine Stunde aufs Ohr zu hauen.

Martin hatte Glück. Eine Weile später ging der fremde Pfleger wieder, gefolgt von Ebermann, der nun von Zimmer zu

Zimmer gehen würde. »Zeit, ins Bett zu gehen«, sagte Ebermann im Gehen freundlich zu Joey, der daraufhin in sein Zimmer verschwand.

Das war die Gelegenheit. Martin schlich zurück in sein Zimmer, nahm sein Handy aus der Hosentasche und rief mit verstellter Stimme im Dienstzimmer an. Es gebe einen Notfall in der Aufnahmestation und man brauche dort dringend Verstärkung. Durch den Türspalt sah er Weber aus dem Raum rennen, der in seiner Eile die Tür nur ins Schloss warf, ohne sie abzuschließen.

Die Aufnahme lag etwa fünf Minuten zu Fuß von der Geschlossenen weg, sodass Martin ab jetzt zehn Minuten Zeit hatte, falls Ebermann nicht vor Weber zurückkehrte. Mit klopfendem Herzen schlich er ins Zimmer der Pflegekräfte und überflog rasch die herumliegenden Unterlagen. Nichts Interessantes dabei. Dann setzte er sich an den Computer und versuchte, Dr. Lorenz' Verzeichnisse aufzurufen. Doch er hatte sich noch kaum etwas angesehen, als er vom Flur her auch schon Schritte hörte, die sich erschreckend schnell dem Dienstzimmer näherten.

In der Tür stand – Eli.

»Ich weiß zwar nicht, was du hier machst«, flötete sie, »aber was ich weiß, ist, dass Ebermann im Anmarsch ist und du schleunigst hier verschwinden solltest. Schnell!«

Martin sprang auf und eilte aus dem Zimmer. Gemeinsam mit Eli stürzte er in den Raucherraum, wo sie sich auf die Stühle fallen ließen und sich bemühten, möglichst unbeteiligt auszusehen. Doch kaum dort, streckte Ebermann auch schon seinen Kopf herein.

»Sie beide – habe ich Sie gerade aus dem Dienstzimmer kommen sehen?«, fragte er recht barsch, erheblich unfreundlicher als sonst.

»Nein«, beteuerte Eli, verfolgte Unschuld in Person, »wir sitzen schon seit Längerem hier. Wir sprachen eben über die Disco. Da waren wir vorhin.«

Ebermann schaute misstrauisch vom einen zum anderen und sagte bestimmt: »Die Nacht ist zum Schlafen da, nicht zum Reden. Rauchen Sie Ihre Zigarette zu Ende, in fünf Minuten will ich hier niemanden mehr sehen.« Damit schloss er die Tür sanft – der einzige Pfleger, der stets darauf achtete, dass die Tür kein Geräusch machte – und ging den Flur hinunter.

»Du bist mir was schuldig, Martin«, sagte Eli, als Ebermann außer Hörweite war. »So wie ich es sehe, schuldest du mir eine gute Geschichte. Eine Gutenachtgeschichte. Eine gute Gutenachtgeschichte. Kleiner Tipp, was das Thema dieser guten Gutenachtgeschichte angehen könnte: Ich weiß nicht, wer du bist oder was du da tust, aber vielleicht kann ich dir dabei helfen.«

Martin zögerte. Sollte er sie einweihen? Aber warum eigentlich nicht? Sie würde ihn gewiss nicht verraten.

»Gut«, sagte er schließlich. »Aber lass uns in mein Zimmer gehen. Ebermann wird bestimmt gleich noch mal hier reinschauen.«

In seinem Zimmer erzählte er ihr alles. Wirklich alles. Vielleicht weil die Station nachts wie ein Raumschiff war, in dem man alleine durch das All flog, vielleicht weil er sie vorhin fast geküsst hätte, vielleicht weil sie ohnehin schon viel zu viel zu wissen schien oder vielleicht weil ihm einfach danach war – jedenfalls hielt er nichts zurück.

Er sprach von den Gerüchten um die illegale Studie, dem falschen Lantatrin, seinem Plan. Aber er sprach auch von seiner Exfrau, dem Absterben ihrer Liebe, dem allmählichen Wegdriften seiner Freunde, der Einsamkeit, davon, dass er niemanden mehr habe auf der Welt und wie das war, wenn man auf der Arbeit keinen klaren Gedanken mehr fassen konnte, wenn man nicht mehr runterkam, leer war, ausgehöhlt.

Sie ließ ihn sprechen, hörte zu, fragte zwischendurch ein bisschen, guckte mit großen Augen, legte ihm schließlich die Hand auf den Arm. Er redete und redete und konnte spüren, wie etwas in ihm, das lange Zeit den Atem angehalten hatte, endlich tief Luft holen konnte.

Als er fertig war, schwiegen sie eine kleine Weile.

Schließlich drückte Eli seinen Arm fest, nickte und sagte: »Schön. Ab jetzt sind wir zu zweit. Das kriegen wir hin. Was deinen Plan angeht, machen wir es am besten so …«

Doch bevor sie den Gedanken zu Ende führen konnte, stürmte Weber ins Zimmer.

»Das hab ich mir doch gedacht, Frau Sudfeldt! Sie waren nicht in Ihrem Zimmer, da konnten Sie nur hier sein! Ich hab einen Riecher für so was. Sofort auseinander, Sie beide!«

Bevor Eli den Pfleger darauf hinweisen konnte, dass es kein Miteinander gab, da sie nur nebeneinandergesessen und sich unterhalten hatten, bellte Weber weiter: »Das wird ein Nachspiel haben, das versichere ich Ihnen. Ich hatte schon genug Ärger für eine Nacht, mehr brauche ich nicht. Und ich dachte außerdem, ich hätte mich letztens klar ausgedrückt: Kontakte dieser Art sind nicht erwünscht, schon gar nicht nachts um vier!«

»Also bitte!« Martin stand auf. »Wir haben keine ›Kontakte dieser Art‹. Wir wollten nur nicht im Raucherraum bleiben. Meine Zimmertür war ja nicht mal geschlossen – wir wollten uns an die Spielregeln halten.«

»Sie, Herr Regener, sollten ohnehin darauf achten, ein bisschen für sich zu bleiben, das habe ich in der Dokumentation gelesen. Also, bitte halten Sie sich auch daran, oder wollen Sie nicht gesund werden? Und Sie, Frau Sudfeldt, kommen jetzt mit.« Damit ging Weber einen Schritt aus dem Zimmer und sah Eli auffordernd an. Ihr blieb nichts weiter, als ihm zu folgen.

Freitag

Am nächsten Tag war Elis nächtlicher Aufenthalt bei Martin Thema der Morgenrunde. Man wies die Patienten noch einmal in aller Deutlichkeit darauf hin, dass es strikt untersagt war, sich gegenseitig nachts auf den Zimmern zu besuchen. Über den Ausgang der Delinquenten würde noch zu sprechen sein. Außerdem hatte Eli einen Termin bei Schwester Hildegard aufgebrummt bekommen.

Eine halbe Stunde nach diesem Termin gesellte sie sich ins Raucherzimmer, das bis auf Martin leer war. Und ganz gegen ihre Gewohnheit ließ sie die Tür ins Schloss knallen.

»Fragt die mich doch glatt, ob es zu einem GV gekommen ist!«, platzte sie heraus. »Ein GV! Warum fragt sie denn nicht gleich, ob ich Syphilis habe oder einen Scheidenpilz?«

»Ein GV? ›GV‹ wie Geschlechtsverkehr? Wie kommt sie denn darauf? Weber hat doch gesehen, dass wir da nur nebeneinandergesessen haben!« Martin wunderte sich. Und außerdem ... »GV« mit Eli ... nun, das war nicht drin.

»Weiß ich nicht! Die hat mich regelrecht verhört! ›Frau Sudfeldt, wie ist Ihre Familienplanung? Verhüten Sie? Seit wann fühlen Sie sich zu Herrn Regener hingezogen? Und betrifft das nur Herrn Regener oder gibt es da noch andere?‹ Und dann das: ›Ich muss Sie das fragen, Frau Sudfeldt, hatten Sie GV?‹« Eli imitierte die Stimme der Pflegedienstleiterin. »Gar nichts muss sie fragen! Und außerdem, wie unlogisch, wieso fragt die mich überhaupt? Wenn sie mich schon für verrückt halten, brauchen sie mich doch gar nichts zu fragen, sie können mir ja dann sowieso nichts glauben. Und wieso fragen die nur mich und nicht dich, Martin? Und was geht die das alles überhaupt an?«

Martin zündete eine Zigarette an, nahm einen Zug und reichte ihr die Kippe. Soweit es ihr momentan möglich war, war Eli auf hundertachtzig.

»Beruhige dich«, versuchte er Eli zu besänftigen. »Du hast ja recht. Was sie gesagt hat, geht zu weit und ist verletzend. Ich spreche gleich mal mit ihr darüber. Es ist ja auch überhaupt nichts passiert.«

»Ja«, murmelte Eli und warf ihm einen schrägen Blick zu. Dagegen allerdings hätte sie nun nichts gehabt. Nicht nur, weil sie Martin entzückend fand, sondern auch, weil sie den großen Wunsch verspürte, dem einengenden Korsett der Klinik etwas entgegenzusetzen. Eli wollte auf die Pauke hauen, so oft, so lange und so fest wie möglich. Und die Psychiatrie war ein Orchester ohne Pauke; nicht mal ein richtiges Orchester. Alles sollte hier möglichst gebändigt sein, leise, ordentlich, ruhig wie im Grab. Und das war mit Eli Sudfeldt nun mal nicht zu machen. So was Idiotisches, dachte sie. Den meisten hier täte ein bisschen Sex mal ganz gut. Waren doch alle ruhig wie der Tod. Sie nahm einen tüchtigen Zug von der Zigarette.

Nur schade, dachte sie, dass kein Gras darin war.

Martins Gespräch mit der Pflegedienstleiterin war, gelinde gesagt, unfruchtbar. Es lief auf eine Wiederholung dessen hinaus, dass sexuelle Beziehungen der Patienten untereinander nicht erwünscht waren und dass er, Martin, möglichst Abstand zu Eli halten solle. Er scheine sehr suggestibel zu sein, das müsse sich ändern. Als Martin die Schwester darauf hingewiesen hatte, dass alle hier mündige Menschen seien, denen man in dieser Hinsicht nichts verbieten könne, hatte sie nur den Kopf gereckt, ihm fest in die Augen geblickt und geraten, in seinem Zimmer etwas »zur Ruhe zu kommen« – ein Rat, den man hier offenbar in jeder Situation gab.

Da saß er nun und war irritiert. Selbstverständlich konnte man in einem Krankenhaus keine Orgien feiern, das war klar, aber ein regelrechtes »GV-Verbot«? Ein Verbot von sexuellen Beziehungen? Das ging doch wohl zu weit. Er beschloss, sich demnächst eingehender mit dem Thema zu befassen.

Doch was Eli und ihn betraf, fragte er sich schon, was bloß in ihn gefahren war letzte Nacht. Er hatte einfach nicht anders gekonnt, als ihr seine innersten Gedanken zu offenbaren. Ob das so ähnlich war wie ein Stockholm-Syndrom? Wenn man zusammen eingeschlossen war und alle anderen, also Ärzte und Pflegepersonal, so etwas wie der Feind? Oder wie eine Klassenfahrt, ein Jugendherbergsaufenthalt mit strengen Lehrern, ein Zusammensein auf großer Enge und mit dichten Gefühlen?

Jetzt war sie also seine Verbündete. War sie berechenbar? Konnte man auf sie zählen, war auf sie Verlass? Aber vielleicht hatte das alles auch Vorteile. Immerhin hatte sie ihn davor gerettet, im Büro der Pflegekräfte entdeckt zu werden.

So wie Eli in seinen Gedanken war, stand sie plötzlich auch schon wieder im Türrahmen und lachte Martin an.

»Ich schätze, wir haben was zu besprechen, nicht? Und dazu brauchen wir ein kleines bisschen Alleinsein ...«

Fünf Minuten später waren sie draußen. Zusammen mit der Ergotherapeutin, die ihre Klientel durch ein sogenanntes Alltagstraining zu therapieren gedachte. Das war nichts anderes als ein bei den Patienten heiß begehrter Einkaufsspaziergang durch den Ort nahe der Klinik.

Odin und der Kaiser hatten unbedingt mitkommen wollen, waren von Eli aber mit der Aussicht auf feine Kuba-Tabakwaren umgestimmt worden, was den Kaiser auf den kubanischen Sozialismus gebracht hatte, den er demnächst in Italien einzuführen gedenke: »Gerechtigkeit! Und Würde, Eli! Würde kommt zuerst! Immer!« Eli hatte darauf verzichtet, ihn darauf hinzuweisen, dass er im Falle eines derartigen politischen Umsturzes seinen Monarchenstatus drastisch gefährden würde, aber einmal mehr gedacht, wie wundervoll flexibel der Wahn war.

Frau Ewer-Steiniger hatte ein sanftmütiges Wesen und eine romantische Ader. Ein Beziehungsverbot fand sie überdies ganz schrecklich. Und so setzte sie sich im Café, das sie nach den Besorgungen aufsuchten, wie eine Gouvernante an einen weiter entfernten Tisch, von dem aus sie ihre Schäfchen im Auge behalten, sie aber nicht hören konnte.

Eli hatte eine Stunde zuvor ihren Gutachtertermin gehabt, auf dessen Grundlage über eine mögliche Betreuung entschieden werden sollte, und sich mit dem Gutachter blendend verstanden. Sie hatte ihm dezidiert ihre Meinung über Vormundschaft dargelegt unter besonderer Beachtung philosophischer Standpunkte, hatte dem armen Mann Kant, Descartes und Foucault um die Ohren gehauen und darauf hingewiesen, dass sie seit neununddreißig Jahren ihr Leben bestens im Griff habe – abgesehen von gelegentlichen Aufenthalten im LKH Rheinland. Schließlich hatte sie ausführlich dargelegt, dass ein Leben ohne Selbstbestimmung und Freiheit für sie unter keinen Umständen infrage komme, danke bestens.

»Und das hat er dann auch eingesehen«, schloss sie ihren Bericht und kaute weiter an einem Brötchen. Der Gutachter hatte ihr nämlich bereits mitgeteilt, dass er das Betreuungsgesuch abschlägig bescheiden werde, da sie so strikt dagegen sei und eine vertrauensvolle Zusammenarbeit gegen ihren erklärten Willen wohl nicht zu erreichen war.

Mit einem »Haben wir also was zu feiern!« schenkte sie Martin noch einen Kaffee ein und winkte der Ergotherapeutin zu, die mittlerweile in eine Zeitung vertieft war und sie nicht zu bemerken schien.

»Wäre ein Betreuer denn so schrecklich gewesen?«, fragte Martin behutsam. »Immerhin hättest du jemanden gehabt, der sich um dich kümmert und …«

»Machst du Witze?« Eli blieb beinahe das Brötchen im Hals stecken. »Mit einem sogenannten ›Betreuer‹, also einem Vormund, ist dein bürgerliches Leben zu Ende! Ein Vormund kann über alles verfügen – dein Geld, deinen Wohnort, deine Arbeit, einfach alles! Stell dir vor, du willst einen Arbeitsvertrag unterschreiben und musst der Firma sagen: ›Toll, dass Sie mich einstellen wollen, aber jetzt muss erst noch mein Betreuer gegenlesen.‹ Nein, dann ist überhaupt gar nichts mehr drin, dir bleibt nur noch ein Leben als Randexistenz und das Abhängen in einem dieser Dinger, diesen Zentren für psychisch Kranke, wo du dann bis ans Ende deines Lebens rumsitzt und Kaffee trinkst. Kann ich auch gleich für immer in der Psychiatrie bleiben. Nein danke, nicht für mich. Ich will im Leben noch was erreichen! Ich bin wer und ich kann was und niemand weiß über meine Angelegenheiten besser Bescheid als ich selbst. Niemand weiß besser als ich selbst, was richtig ist für mich. Und außerdem: Wo sind denn diese Betreuer, wenn man sie braucht? Nicht zu erreichen, das sind sie! Beschäftigt! ›Rufen Sie später noch mal an.‹ Nein, wirklich nicht, und auch nicht in hundert Jahren, wenn ich dement bin. Niemals.«

Martin nickte. In der Tat konnte von einem vertrauensvollen Verhältnis hier wohl nicht die Rede sein. Und hatte sie nicht recht? Er selbst würde sich auch nicht gern betreuen lassen wollen – Freiheit in allen Belangen war für ihn selbstverständlich. Allerdings war Eli nun einmal ... wie konnte man es ausdrücken ...?

»Sag mal, Eli, vielleicht wäre es aber doch besser, wenn du ... du weißt schon ... Medikamente einnehmen würdest. Peter sagt, sie helfen gegen seine Stimmen und ...« Martin kam ins Stocken. Er hatte gesehen, wie die Psychopharmaka auf einige Patienten wirkten, insbesondere auf die älteren, die hohe Dosen einzunehmen schienen: Sie wirkten betäubt, automatenhaft, erloschen. Eli dagegen ... sie sprühte. War quicklebendig. Vielleicht zu lebendig. Er wünschte sich Medizin für sie, doch sollte sie sanft sein, ihr nicht den Funken austreiben.

»Ja, sie helfen«, unterbrach Eli seine Gedanken. »Manchmal. Manchmal aber auch nicht. Und wenn sie helfen, musst du den Preis dafür bezahlen. Egal, was soll's? Ich bin eh damit durch. Wie du siehst, geht es mir Bombe.« Damit fegte sie energisch die Krümel vom Tisch und winkte dem Kellner nach einem Kirschplunderteilchen.

In der Tat, musste Martin zugeben. Sie war bombig. Explosiv und quecksilbrig. Doch wie und wo konnte sie leben, so wie sie war? Er schaute sie nachdenklich an.

»Ich hätte aber noch eine Frage, Eli, ohne dass ich dir zu nahe treten will. Also ohne Medikamente und ohne Betreuung und ohne besondere Therapie, wie soll es mit dir weitergehen hier, ich meine, im ... also ...«

»Im Irrenhaus meinst du? Oh, là, là, die Frage aller Fragen. Wie komme ich aus dem Irrenhaus wieder raus? Tja, ich kann dir sagen, wie man nicht wieder rauskommt!«

Es sei sinnlos, führte sie aus, sich an die Justiz oder an die Medien zu wenden. Man könne zwar Rechtsmittel gegen einen Unterbringungsbeschluss einlegen, bis allerdings darüber entschieden worden wäre, sei die Unterbringungsdauer bereits abgelaufen. Im Gegenteil müsse man dann sogar die volle Frist verbleiben, während ansonsten, bei einer Einwilligungserklärung, der erzwungene Aufenthalt in einen freiwilligen umgewandelt werden könne und so meistens abgekürzt werde. Die Richter, sagte sie, schlössen sich praktisch immer der Meinung der Ärzte an. Und die Presse interessiere das Schicksal einer in der Psychiatrie untergebrachten Person herzlich wenig. Gott allein wisse, wie viele Briefe Redaktionen erreichten, die alle nur eins beteuerten: Ich bin nicht verrückt – die sind wirklich hinter mir her.

»Unsereiner kann den Leuten Gott weiß was erzählen, aber niemand glaubt uns«, fuhr sie fort. »Du siehst es ja an mir: Ich bin geistig völlig klar und doch sitze ich in der Klapsmühle.«

Martin sah sie an und dann wieder weg. Oh Eli. Das war nicht ganz das, was er gemeint hatte. Er hatte sich gefragt, ob es für sie und ihresgleichen so etwas wie »Heilung« geben konnte, und wenn ja, wie das möglich war. Er wünschte, man könnte ihr auf die nette Tour eintrichtern, dass sie ein wenig zu sehr im Sauseschritt unterwegs war.

»Aus der Psychiatrie«, fuhr Eli unbeirrt fort, »führt nur ein Weg hinaus, und genau den bin ich immer gegangen: Man muss zugeben: ›Jawohl, ich bin verrückt, total plemplem, balaballa, manisch, paranoid, alles, was Sie wollen.‹ Man nennt das Krankheitseinsicht. Und an der gedenke ich demnächst zu arbeiten, ich will nicht bis ans Ende meiner Tage da drüben versauern.« Eli schaute Richtung Krankenhaus. Dann trank sie einen Schluck Kaffee, vertilgte den letzten Rest Kirschteilchen und sagte:

»Jetzt aber zu dir, Sherlock. Heute Nacht gucken wir uns das Arztzimmer an. Und ich weiß auch schon ganz genau, wie.«

Sie blickte kurz zur noch immer Zeitung lesenden Ergotherapeutin, beugte sich dann verschwörerisch zu Martin hinüber und erklärte ihm mit gedämpfter Stimme, dass es sich nämlich so verhalte, dass Odin schon vor langer Zeit Nachschlüssel angefertigt habe – von allen Zimmern, auch vom Arztzimmer. »Bevor er dachte, er wäre Odin«, sagte sie, »war er nämlich ganz schön paranoid. Dachte, er hätte überall Feinde und die würden sich in jedem Zimmer gegen ihn zusammenrotten. Und er war früher mal Schlosser, da hat er sich also bei einem Wochenendausgang die Schlüssel gemacht – lustig, nicht? Man denkt, er wäre permanent in einer anderen Welt, dabei kriegt er, was er will, so gaga ist er nicht. Jedenfalls jetzt, seitdem er denkt, er wäre der Gott der Wikinger, ist er megafriedlich und mag mich wahnsinnig gern. Also, ich schätze, wir können nachher in das Zimmer einsteigen. Sagen wir, um zwei?«

»Eli«, sagte Martin, »du bist eine erstaunliche Frau.«

»Danke«, sagte Eli würdevoll und faltete die Hände auf dem Tisch. »Ich tue, was immer ich kann.«

Sonntagnacht

Nachts um zwei. Die Station lag in tiefem Frieden. In der Nacht auf Samstag war dagegen nichts zu machen gewesen – mit zwei Neuaufnahmen war es rund um die Uhr hektisch zugegangen. Joey lagerte auf seinem Platz im Flur, der aber glücklicherweise weit weg war vom Arztzimmer. Ohne zu zögern oder nach dem Warum zu fragen, hatte Odin, der ein butterweiches Herz hatte, den Schlüssel rausgerückt. »Aber wiederbringen«, hatte er gesagt, »man weiß ja nie, wofür man den noch brauchen kann.« Einen kurzen Moment lang hatte der Verfolgungswahn wieder in seinen Augen gestanden, doch dann hatte er sich entspannt und gefragt, ob er nicht doch mitkommen könne, er wolle sich gern mal angucken, was eigentlich im Arztzimmer über ihn geschrieben stand. Mit einiger Not hatten sie ihn davon abhalten können (»Du hilfst uns viel mehr, wenn du für uns betest, Odin. Du musst deine Gedanken für uns einsetzen! Denk an Ragnarök, die letzte Schlacht! Wir müssen unsere Kräfte bündeln«). Jetzt stand er im Raucherzimmer auf Posten, denn »man weiß ja nie, was passiert«.

Eli, gesegnet mit einem großen schauspielerischen Talent, würde die beiden Pfleger im Dienstzimmer davon überzeugen, dass sie gerade den finalen Zusammenbruch hatte und das Ende ihres Daseins kurz bevorstand, sodass man gezwungen sein würde, den Arzt vom Dienst hinzuzuholen. Etwa eine Viertelstunde hofften der Journalist und die muntere Psychotikerin so herauszuschlagen, in der Martin locker mit den Schlüsseln ins Arztzimmer spazieren und alles herausfinden würde, was es herauszufinden gab. Insbesondere auf Dr. Lorenz' Dateien war er gespannt, stand doch der Stationsarzt weit oben auf der Liste seiner Verdächtigen.

So klopfte Eli also an die Tür des Dienstzimmers – die immer offen stand, solange Personal im Raum war – und trat ein, ohne eine Reaktion abzuwarten.

»Es geht mir ganz elend«, sagte sie mit leidvoller Stimme, »ich kann überhaupt nicht schlafen. Ich hab Herzrasen, schnellen Puls«, sie war im Raucherzimmer auf und ab gehüpft, »mir ist ganz schrecklich übel und ich schwitze furchtbar«, sie hatte sich Wasser ins Gesicht gespritzt, »und, oh Gott, ich glaube, ich muss mich übergeben.« Für eine überzeugende Vorstellung hatte sie schnell hintereinander zwei Tassen Kamillentee getrunken, von dem ihr zuverlässig schlecht wurde. Damit sank sie auch schon auf dem Boden zusammen, verdrehte die Augen und produzierte ein kleines Spuckeflöckchen vor dem Mund. Die beiden diensthabenden Pflegekräfte – Klaus Weber und Hildegard Suttler – stürzten zu ihr. Weber glaubte zwar im Grunde nicht eine Sekunde, dass Eli an etwas Ernsthaftem litt, doch das wusste man bei Psychiatriepatienten nie so genau. Und immerhin hatte es auf der Station innerhalb kürzester Zeit bereits zwei

Todesfälle gegeben. Die Pfleger fühlten also Puls und Temperatur, legten Eli vorsichtig in die stabile Seitenlage und sprachen sie an. Eli stellte sich weiter tot. Als nichts zu helfen schien, rief die Pflegedienstleiterin beim Arzt vom Dienst an.

»Herr Doktor«, sagte sie, »Notfall auf Station B. Die Patientin ist bei uns im Dienstzimmer. Atmung und Puls stabil, anscheinend ohne Bewusstsein.«

Drei Minuten später kam der Arzt. Er klopfte Eli fest ins Gesicht, leuchtete ihr mit einer Stablampe in die Augen und schlug ihr auf den Rücken. Eli hustete und setzte sich auf. »Was ... was ist mit mir?«, gab sie sich desorientiert. »Mir ist so komisch, so schwindelig ... aber irgendwie ... ich weiß nicht ... vielleicht kommt es von den Medikamenten ... jetzt ist es aber schon viel besser als eben noch.«

»Frau Sudfeldt«, sagte Weber gedehnt, »zurzeit nehmen Sie gar keine Medikamente, nicht?«

»Tja«, sagte der Arzt, »mal sehen. Ich muss mir die Unterlagen der Dame ansehen. Könnte jemand die Akte aus dem Arztzimmer holen?«

»Oh«, sagte Eli, »das ... äh ... das kann ich doch machen. Ein bisschen Bewegung tut mir sicher gut.«

»Sie«, sagte der Arzt und hielt Eli an der Schulter zurück, »bleiben mal schön, wo Sie sind.«

Martin hatte den PC hochgefahren und probiert, Dr. Lorenz' Dateien aufzurufen. Die waren natürlich passwortgesichert. Martin hatte es mit »passwort« versucht und mit »123456«.

Angehörige sozialer Berufe mochten zwar oft nachlässig sein, was die Sicherung von Computern anging, aber so einfach war es nun doch nicht. Martin suchte das Gehäuse des Computers ab und schaute unter der Schreibunterlage nach – nirgendwo war eine Notiz mit dem Passwort zu finden. Schade. Verbarg sich etwas im Raum? Ein Stichwort, das etwas über den Arzt verriet? Im Regal über dem Computer stand Dr. Lorenz' Dissertation: »Wirksamkeit von Psychoedukation im klinischen Setting – zur Therapie von affektiven Störungen«. Martin gab »Psychoedukation« ein – das Verzeichnis öffnete sich. »Bingo!«, murmelte er und machte sich an die Arbeit.

Die einzelnen Dateien, bei denen es sich überwiegend um Patientenberichte handelte, ließen sich problemlos öffnen, doch auf den ersten Blick konnte Martin keine Auffälligkeiten feststellen: Die Patienten waren mit ihren Diagnosen und den entsprechenden Medikamenten vermerkt, aber nirgends fand sich ein Hinweis wie etwa LantatrinCetaMX oder ein entsprechend gesetztes Häkchen. Wäre auch zu einfach gewesen, dachte Martin. Bei den beiden Todesfällen stand jeweils »verstorben« in Rot und dahinter »ggf. Obduktion?«.

Martin blätterte noch eine Weile weiter, schloss die Dokumente dann und versuchte, Dr. Steinfels' Dateien aufzurufen, scheiterte aber am Zugriff. Frustriert suchte er in den Schubladen nach schriftlichen Unterlagen, einem Tagebuch, einer Akte oder dergleichen. Er hatte gerade einen umfangreichen Ordner aufgeklappt, als er von der Tür her eine Stimme hörte.

»Na, wen haben wir denn da?«

Es war klar, dass Regeners Einbruch ins Arztzimmer Konsequenzen haben würde. Weber hatte Regener buchstäblich am Kragen gepackt und vom PC weggezerrt. Regener hatte sich gegen den festen Griff des Pflegers gewehrt, der hatte die Kollegen zu Hilfe gerufen. Man hatte den Notdienst verständigt, Regener wurde fixiert und ins Wachzimmer geschoben.

Eli war von allen höchst misstrauisch beäugt worden, hatte aber lebhaft versichert, dass sie nicht die leiseste Ahnung von Regeners Aktion gehabt und somit mit der Angelegenheit nichts zu tun habe. Vorläufig war sie also auf freiem Fuß, soweit man auf der geschlossenen Station davon sprechen konnte.

Nun saß sie mit Odin zusammen im Raucherzimmer. Noch immer wollte die Wikingergottheit nicht wissen, was sie eigentlich vorgehabt hatten, bot aber ihre Hilfe an, »falls ihr noch mal so was machen wollt. Auf mich könnt ihr zählen«. Odin setzte alles daran, dass auf ihn Verlass war – das war neben Mut und Stärke die wichtigste Eigenschaft für einen Krieger, um in das Walhalla einzugehen. Und in Heiners Kindheit, als er versucht hatte, seiner kleinen Schwester Mutter und Vater zu ersetzen, war Zuverlässigkeit auch das A und O gewesen. Beziehungsweise der Mangel daran.

»Danke, Heiner«, sagte Eli, »ich weiß das zu schätzen. Ich glaube, ich werd mich mal 'ne Runde ins Bett legen und über alles nachdenken.«

Sonntag

Am nächsten Tag waren der nächtliche Einbruch und die Fixierung kein Thema. Die Patienten wurden allerdings eindringlich darauf hingewiesen, dass es am nächsten Tag eine Chefarztvisite geben werde. Frau Dr. Naumann war für große Sorgfalt und akribisches Arbeiten bekannt. Und auch dafür, dass sie ihre Untergebenen schon mal an den Betten der Patienten zusammenfaltete. Das Pflegepersonal war also bereits einigermaßen angespannt – genau wie die Patienten. Eli versuchte ihr Möglichstes, um einen Blick ins Wachzimmer zu werfen und ein Wort mit dem Journalisten zu wechseln. Zunächst hatte sie Pech – speziell Schwester Hildegard war reizbar wie eine Operndiva mit nachlassender Stimme. Zur Medikamentenausgabe ergab sich aber doch eine Gelegenheit, schließlich konnte die Schwester ihre Augen ja nicht überall haben.

»Hallo, mein Schatz«, begrüßte Eli Regener heiter. »Wie ich sehe, hast du die Aufnahmeprüfung für die Irrenanstalt bestanden. Jaja – wer nie in Ketten lag, gehört nicht zur High Society der Klapsmühle. Odin und der Kaiser wollen dir zu Ehren eine kleine Erstfixierungsparty geben, wenn du wieder frei bist. So ähnlich wie eine Äquatortaufe, du weißt schon. Der Kaiser hat seine Rede schon fix und fertig in der Schublade.«

»Eli«, sagte Martin, »das ist jetzt nicht die Zeit für Späße. Ich fühle mich extrem unwohl. Dr. Lorenz war vorhin hier und hat mich ausgefragt. Natürlich habe ich nichts von der ganzen Sache gesagt, ich hab so wenig wie möglich gesagt, ich weiß ja nicht, ob und was hier überhaupt los ist, ich wollte mich bedeckt halten. Da hat er behauptet, ich hätte querulatorische beziehungsweise wahnhafte Züge! Er hat gesagt, ich hätte einen Medikamentenwahn, eine übersteigerte Neigung, mich mit diesem Thema zu befassen – so etwas wie Verfolgungswahn hat er angedeutet. Er hat sogar die Diagnose Schizophrenie in den Raum gestellt und ich sei eine Gefahr für mich und andere, ich sei gewaltbereit, ich hätte sogar Weber angegriffen! Eli, mir soll ein Medikament gespritzt werden, Haldol heißt das. Damit ist für mich Schluss hier, ich breche alles ab. Das ist mir zu heikel. Bitte, Eli, du musst dringend jemanden verständigen, vielleicht die Chefärztin oder meine Kollegen. Ich weiß nicht, ob es diese illegale Studie gibt und ob jemand hier beteiligt ist, aber ich bin jedenfalls raus.«

»Hm«, sagte Eli, »mal sehen, was wir tun können. Ich weiß nicht, die Chefärztin ... wie du sagst, wir wissen nicht, wer beteiligt ist, nicht? Wir wissen eigentlich überhaupt nichts, richtig? Was die Spritze angeht: Das machen die zwar manchmal so, aber ich glaube, die dürfen das gar nicht. Soweit ich weiß, ist es illegal – du kannst Widerspruch gegen Zwangsmedikation einlegen, und solange müssen die warten. Dagegen kannst du dich wehren, Martin! Du solltest jetzt ...«

»Ich habe Angst, Eli! Ich fühle mich schrecklich hier! Bitte, du musst …«

»Frau Sudfeldt, zum hundertsten Mal!« In der Tür stand Hildegard Suttler, in der Hand eine Nierenschale mit einer Spritze. »Wie oft haben wir Ihnen gesagt, dass Sie einander nicht auf den Zimmern besuchen sollen!«

»Das ist jetzt etwas ganz anderes, Frau Suttler. Das ist ein Notfall. Herr Regener möchte auf gar keinen Fall eine Spritze, und Sie wissen auch ganz genau, dass Sie ihm das Mittel nicht gegen seinen erklärten Willen geben dürfen – das ist rechtlich gar nicht zulässig. Herr Regener will alles morgen in der Chefarztvisite besprechen und …«

»Frau Sudfeldt! Sie gehen jetzt auf Ihr Zimmer oder sonst wohin, jedenfalls mir aus den Augen. Und was ich mit Herrn Regener mache, geht Sie nicht das kleinste bisschen an. Hab ich mich klar ausgedrückt?«

Damit drängte die energische Schwester Eli aus dem Zimmer und schloss die Tür. Auf dem Flur kam Eli Ebermann entgegen, vertieft in ein Gespräch mit Franz Schneider.

Franz, dessen psychische Erkrankung sich bislang nicht das kleinste bisschen gebessert hatte, war im Grunde bereits tot. Ängstlich horchte er auf seinen Herzschlag und fühlte alle fünf Minuten seinen Puls.

Die Hauptinhalte einer Depression waren Schuld, Angst vor Verarmung und – Angst vor Krankheit und dem Tod. Und diese Angst vor Krankheit hatte Franz momentan vor allem im Würgegriff. Früher ein gestandener Mann, der es nicht im Traum für möglich gehalten hätte, einmal in einem Krankenhaus wie diesem zu landen, saß er seit der Pensionierung im

Haus herum und wusste nichts mit sich anzufangen. Als ihn dann auch noch seine Frau verließ, um endlich ein neues Leben anzufangen, hatte die Schwermut begonnen. Seine ehemaligen Kollegen hatten ihn schließlich in die Psychiatrie gebracht – in der vorläufig nichts besser wurde. Er wusste nicht ein noch aus, schlug die Zeit tot, konnte auch mit den seltsamen Figuren um sich herum nichts anfangen. Gehörte er wirklich hierher, zu all diesen verrückten Typen? Er orientierte sich praktisch ausschließlich am Personal. Mit diesem suchte er das Gespräch. Insbesondere der nette Pfleger Ebermann hatte immer ein offenes Ohr für ihn und beruhigte ihn auch stets hinsichtlich der Medikamente. Franz setzte sein ganzes Vertrauen in die Medizin. Er verstand nicht im Geringsten, was mit ihm passiert war, und wollte »es« so schnell wie möglich wieder loswerden. Er hatte keine Worte, keine Beschreibung für seinen Zustand, fand nur alles grauenhaft, konnte seine eigenen Gefühle und Gedanken nicht aushalten. Wenn Pillen dagegen halfen, würde er davon nehmen, was zu kriegen war.

Blutdruck, Magen, Hirn, alles sei im Eimer, erklärte er Ebermann. Er sei sterbenskrank. Es sei unsicher, ob er den nächsten Tag überleben werde, und wenn, dann nur mithilfe von Tabletten, um die er Ebermann jetzt schön bitte. Tranquilizer hätten ihm letztens gut geholfen; ob der Pfleger ihm nicht etwas geben könne? Er fühle sich so unruhig und angespannt. Ebermann seufzte, ging an den Medikamentenschrank und gab ihm das Gewünschte.

»Danke, Herr Ebermann«, sagte Franz, »mit Ihnen kann man so gut reden. Ich weiß nicht, ich wollte Ihnen auch noch erzählen, dass hier so seltsame Sachen auf Station vor sich gehen, manche Patienten glauben, die Medikamente seien gefährlich, und wollen darüber Näheres herausfinden. Was, weiß ich nicht so genau, aber ich hab da letztens so was gehört ... Sie sollten wissen, was auf der Station vor sich geht, manche Patienten sind ja so unvernünftig und wollen gar nichts einnehmen ... Herr Ebermann, ich kann mich doch darauf verlassen, dass mir die Medikamente helfen und keinen Schaden zufügen?«

»Aber selbstverständlich, Herr Schneider. Die Medikamente helfen Ihnen, gesund zu werden, und haben so gut wie keine Nebenwirkungen. Sagen Sie: Was genau haben Sie denn nun gehört?«

Wie sich herausstellte, hatte Franz da so was gehört, als er letztens in seinem Bett auf dem Flur gelegen hatte – Patienten, die sehr akut in der Krise waren oder auf die das Personal verstärkt ein Auge haben wollte, wurden nämlich manchmal nachts auf den Flur hinausgerollt oder sogar ins Wachzimmer verlegt. Und da hatte eine Tür zu einem Zimmer einen Spalt offen gestanden, und er hatte ein Gespräch belauscht, in dem ein gewisser Martin Regener einer gewissen Eli Sudfeldt erklärt hatte, er sei Journalist und recherchiere für den Echo.

»Ich weiß natürlich nicht, ob es stimmt, Herr Ebermann. Manche Patienten hier fantasieren sich ja die dollsten Dinger zurecht. Aber auf jeden Fall sollten Sie das wissen, Herr Ebermann. Der Regener will dauernd über die Medikamente reden ... Frau Sudfeldt ist mir auch überhaupt nicht geheuer, die ist ja vollkommen überkandidelt, kein Wunder, die nimmt ja auch gar nichts, soweit ich weiß. Mir sagt sie auch dauernd, ich soll die Pillen wegschmeißen, dann ginge es mir besser. Ich kenne mich ja schon überhaupt nicht mehr aus! Ach, mir geht es so schlecht, ich hab ...«

Bevor Franz sich erneut in die Aufzählung seiner Gebrechen stürzen konnte, unterbrach ihn Ebermann: »Danke, dass Sie mir das erzählt haben, Herr Schneider. Das war gut und richtig von Ihnen, und ich danke Ihnen für Ihr Vertrauen. Am besten, Sie legen sich jetzt eine Weile hin und lassen die Tablette wirken. Ich kümmere mich um alles. Sie sollten gar nicht so sehr auf die Mitpatienten achten – Sie haben an sich selbst zu denken. Und machen Sie sich keine Sorgen, die Medikamente sind nicht schädlich, ganz im Gegenteil.«

Damit klopfte der Pfleger Franz auf die Schulter und eilte davon. Er ging in Regeners Zimmer und untersuchte es, wobei er das Mobiltelefon des Journalisten fand. Natürlich war das Smartphone gesperrt. Doch auf der Rückseite prangte ein kleines Logo. Das des Rheinischen Echos.

»Interessant«, murmelte Ebermann. »Das ist ja wirklich interessant.«

Zornig war Eli auf dem Weg nach draußen. Im Prinzip war sie Frohnatur, Frohsinn und Frohlocken, aber so langsam gingen ihr Schwester Hildegard und die ganze restliche Meute ein bisschen auf den Wecker. Man konnte doch Martin nicht einfach eine Spritze in den Hintern jagen! Eli wusste, dass das Bundesverfassungsgericht gegen eine Medikamentenbehandlung ohne Zustimmung des Patienten entschieden hatte. Und drohte dem Journalisten Gefahr? Gab es diese illegalen Tests? Sollte sie wirklich zur Chefärztin gehen? Ach was, beschloss sie, optimistisch wie immer. Und hatte die Chefärztin nicht ohnehin auf ihrer Liste der Verdächtigen gestanden? Hier war doch wohl weiterhin Skepsis angebracht. Außerdem war heute Sonntag, da war Frau Dr. Naumann gar nicht da. Morgen war Chefarztvisite, Martin würde Dr. Naumann alles erzählen, und das war dann sowieso das Ende des ganzen Krimis. Schade, dachte Eli. Im Irrenhaus war zwar immer etwas los, doch das war wirklich spannende Unterhaltung gewesen.

Dann vielleicht zur Beschwerdestelle des Hauses? Immerhin geschah hier schreiendes Unrecht, und wenn sich jemand für die Verdammten der Erde einsetzte, dann war es sie, Eli Sudfeldt, Mutter der Unterdrückten und Enterbten. Doch diese Instanz, dazu gedacht, allen Ärger über vermeintlich oder tatsächlich schlechte Behandlung loszuwerden, war – geschlossen. Es handelte sich um ein kleines Büro neben der Pforte. An der Tür hing ein Schild mit den Öffnungszeiten: »Di. und Do. 8.00–10.00 Uhr«. Eli schnaubte. Hier war nichts zu holen.

Was nun? Mittlerweile war es halb elf. Eli dachte nach. Pfarrer Holzmann! Der katholische Pfarrer, zuständig für die Seelsorge der Patienten, war dafür bekannt, dass er für seine Schutzbefohlenen stets ein offenes Ohr hatte und notfalls auch auf den Putz hauen konnte, wenn etwas im Argen lag. Eli hatte einen wunderbaren Draht zu ihm, stand sie doch theologisch-philosophischen Gesprächen begeistert gegenüber. Holzmann war diesbezüglich nicht immer ganz so begeistert, hatte aber ein Herz für die originelle Patientin.

Sie traf den Kirchenmann in seiner kleinen Kapelle an, wo er gerade für eine recht ordentliche Schar eine Andacht zelebrierte. Viele Patienten fanden im Wahn zum Glauben – der sich allerdings zum Ende des Aufenthalts in der Psychiatrie dann wieder verflüchtigte –, ja, einige ließen sich sogar im Krankenhaus taufen und waren dann wie alle Konvertiten und Spätberufenen inbrünstige Anhänger Gottes.

Eli hatte dafür Verständnis und sogar selbst bei einem ihrer ersten Aufenthalte in der Psychiatrie mit dem Gedanken gespielt, ihr Taufgelöbnis zu erneuern. Diese Stimmung hatte sich dann ein klein wenig gesteigert, und schließlich hatte sie im Glauben, selbst der liebe Gott zu sein, voller Gnade den Betenden zugenickt und Christus am Kreuz kollegial zugezwinkert. Nun ja. Das war schon lange Vergangenheit. Eli war nun Atheistin. Sie setzte sich in eine Bank, schloss die Augen und meditierte ein Weilchen. Schnell hatte sie ihren Zorn abgeschüttelt und entspannte sich – umso mehr mit dem Duft von Weihrauch und leisen, geistlichen Klängen. Zum Ende der Andacht passte sie den Pfarrer ab und schilderte ihm die Lage.

»Nicht wahr, er kann sich doch gegen die Spritze wehren?«, schloss sie ihren Bericht. »Können Sie nicht mal mitkommen und die Sache klarstellen?«

»Tja, Frau Sudfeldt, ich weiß nicht, ob ich mich in medizinische Belange einmischen kann. Und sehen Sie, es kann grausam sein, jemanden zu fixieren, ohne ihm die nötige medikamentöse Behandlung angedeihen zu lassen ... Wenn er akut psychotisch ist, muss man ärztlicherseits eingreifen, alles andere wäre unterlassene Hilfeleistung ...«

»Ja, aber er ist ja gar nicht ...« Fast wäre Eli die Wahrheit herausgerutscht, doch dann besann sie sich. Wäre Martin damit einverstanden, wenn sie jedermann von seinen Recherchen erzählte? Immerhin hatte er unbedingt selbst den Täter finden wollen. Andererseits: Er war fixiert und hatte große Angst vor der Spritze ...

»Sie meinen, er ist nicht ... ähm ... er braucht keine Behandlung, ist nicht psychotisch?« Der Pfarrer sah Eli mitfühlend an. Es dauerte oft lange, bis die Wahnkranken zur Krankheitseinsicht kamen, und er wusste, dass dies ein schwieriger und schmerzlicher Prozess war. Eine seelische Aufgabe, an der so manch einer scheiterte.

»Genau, ja also, er ist eigentlich so weit ganz gesund, Herr Holzmann. Jedenfalls will er auf keinen Fall ein Medikament, und gegen seinen Willen darf man ihm doch nichts geben, oder?«

»Wie gesagt, Frau Sudfeldt, da kann und will ich mich nicht einmischen. Verstehen Sie, soweit ich weiß, kann sich der Wahn verfestigen, wenn man nicht schnell medikamentös eingreift. Man wird ja sicher mit ihm sprechen und ihm ganz ruhig erklären, warum das Medikament jetzt sinnvoll ist. Dann überlegt er es sich ja vielleicht noch und ...«

»Tja, dann danke ich Ihnen, Herr Holzmann! Ich muss dann auch wieder zurück auf Station. Bis demnächst mal wieder«, unterbrach ihn Eli munter, zu deren Stärken Geduld nicht gehörte.

Hm, überlegte sie. Drohte nun Gefahr oder nicht? Sollte sie dem Pfarrer alles erzählen und würde der ihr glauben? Würde sie Martin damit die Tour vermasseln? Oder musste sie zur

Polizei? Nonsens, dachte sie. Was hätte sie den Gesetzeshütern erzählen können? »Hallo, Herr Wachtmeister, wir, also mein Freund, der Journalist, und ich, wir sind da einer ganz großen Sache auf der Spur ... Es werden Patienten vergiftet ... Jaja, in der Psychiatrie, also ja, wir sind gerade beide in der Psychiatrie, und da sterben die Leute wie die Fliegen, weil sie die falschen Medikamente bekommen ...« Schon klar. Das Einzige, was sie damit erreichen konnte, war eine Verlängerung ihres Unterbringungsbeschlusses. Sie könnte natürlich zum Rheinischen Echo fahren, mit Martins Kollegen sprechen. War dort sonntags jemand anzutreffen? Wie auch immer, sie hatte ohnehin keinen Ausgang und überdies keinen Cent für die Straßenbahn. Sie beschloss, bis morgen zu warten. Bis zur Montagsvisite mit der Chefärztin. Und sich jetzt, nach dem ganzen Stress, erst mal eine Riesenzigarre zu gönnen.

Nach der Zigarre und einem kleinen Schwatz mit einem Wahnsinnigen, der mitten vor dem Kiosk gelegen hatte und dort sein Verhältnis zum Raum überdachte, ging sie ohne Hast auf Station und peilte dort die Lage.

»Vier Minuten zu spät. Ich mache einen Vermerk ins Übergabebuch«, tadelte Schwester Hildegard gewohnheitsmäßig und mit den Gedanken nicht bei der Daueraufgabe Sudfeldt. Eli versuchte, sich an ihr vorbei zum Wachzimmer zu mogeln, doch da blickte die Pflegekraft auf und sagte scharf: »Herr Regener schläft, und damit Schluss. Sie halten sich von ihm fern. Haben wir uns verstanden?«

»Wie ein Bruder den anderen«, versicherte Eli. »Darf ich denn fragen, ob er die Spritze ...«

»SIE«, sagte die Schwester in Großbuchstaben, »dürfen nun auf Ihr Zimmer gehen und sich dort ein wenig ausruhen. Bis zum Mittagessen will ich Sie nicht mehr sehen. Arrivederci!«

Eli nahm einen geordneten Rückzug vor, mit einem klitzekleinen Abstecher ins Raucherzimmer, in dem sie, wie gehofft, auf den Kaiser und Odin traf, die natürlich, ebenso wie sie, Dauerbewohner des muffigen Kabuffs waren. Die Luft war zum Schneiden. Wäre es nicht Tierquälerei, hätte man wie früher unter Tage Kanarienvögel einsetzen müssen, um die Menschen vor Schaden zu bewahren. Die beiden Individualisten hatten jedoch mit Gesundheitsoptimierung nichts im Sinn und zogen gelassen ihr Kraut durch. Der Kaiser freute sich wie immer tierisch, Eli zu sehen – sein Gedächtnis war nach langer Aufenthaltsdauer, ausreichend Medikamenten und dem Einsatz von Elektrokrampftherapie, wie der frühere Elektroschock nun vornehm genannt wurde, ein wenig lückenhaft, weswegen er sogleich erneut begann, sein politisches Programm vorzutragen (Würde und abermals Würde). Odin flankierte unbestimmt mit den Worten: »Genau. Wir müssen uns vorbereiten.« Sumeika, die sich schlecht wehren konnte und mit ihrer stillen Art schnell zum Opfer vielfältiger Rede- und Missionierungswünsche ihrer Mitpatienten wurde, rollte entnervt die Augen und ging hinaus.

»Hört zu«, sagte Eli nach den Begrüßungsformalitäten, »wir sollten vielleicht ein Auge auf Regener haben. Kann nicht schaden, wenn wir ab und zu mal am Wachzimmer vorbeigehen und gucken, ob alles in Ordnung ist. Okay?«

Das nickten die zwei ab, ohne überflüssige Fragen zu stellen. In der Welt der Wunder, in der sie lebten, waren Worte ein Behelf für Grünschnäbel. Eli ließ für jeden eine Kippe springen und verschwand auf ihr Zimmer, zufrieden mit ihren Verbündeten. Angesichts der Tatsache, dass die Menschheit dabei war, sich und den Planeten zu ruinieren, fand Eli den Kaiser von Italien und den letzten Wikinger nicht im Geringsten meschugge. Im Gegenteil freute sie sich vielmehr auf den Tag, an dem sie tatsächlich Herrscher oder Religionsstifter wurden. Schlechter konnte es ja nicht werden – wenn die Verrückten an der Macht waren, konnte wenigstens jeder zu jeder Zeit nackt in einen Brunnen steigen, wie der Kaiser es bereits getan hatte. Das war in Zeiten des Klimawandels und der in der Folge steigenden Temperaturen schon mal ein Vorteil.

Montag

Vier Uhr nachts auf Station B. Für die Verhältnisse der geschlossenen Station war es ruhig. Der Flur und auch das Raucherzimmer waren leer. Die Patienten schliefen, was auch immer man unter Schlaf verstehen mochte – viele hatten mit den Psychopharmaka derart lebhafte Träume, dass so mancher Junkie neidisch auf den Trip gewesen wäre.

Eli allerdings schlief nicht. Das hatte mit ihrer neuen Zimmergenossin zu tun, einer Deutschtürkin um die sechzig, die gänzlich für sich blieb und sich nicht einmal an Sumeika anschloss. Dafür allerdings sprach sie zu Allah, und zwar so laut, dass man es bis Mekka hören konnte. Es verlangte sie außerdem nach Helligkeit – wenn sie nachts betete, machte sie das Licht an. Das störte Eli nicht weiter, da sie ohnehin nicht schlief und die Frau von ihren Verwandten reichlich mit türkischen Spezialitäten versorgt wurde, die sie wortlos an ihre Mitpatienten weitergab. Eli saß also im Schneidersitz auf ihrem Bett, kaute Halva und schaute Cemile beim Beten zu.

Natürlich hatte Eli selbst Religionen aller Art längst ad acta gelegt. Weder Jahwe noch Allah noch Gott saßen am Firmament und überwachten die Menschheit, vor allem Gott nicht, der Schrecken von Elis Kindheit, der alles gesehen hatte und dessen Hölle sie oft genug verschlang.

Aber trotzdem. Eli war auf der Suche nach der Weltformel. Und, so dachte sie oft befriedigt, sie hatte sie auch gefunden:

Alles war eins, war ein großes Ganzes, gleich ob Pflanze, Tier, Mensch oder was sich noch im Universum herumtreiben mochte: Alles Belebte war Teil einer Gesamtheit. Diese Gesamtheit, das war Gott. Alle miteinander waren Gott, jeder war ein Teil des Göttlichen, jeder ein Teil des Ganzen, und das war alles in allem auch schon der einzige Gott, den es gab und je geben würde. Womit sie selbst, Eli Sudfeldt, natürlich auch Gott war. Gott war das, was eine Idee hatte, und Ideen hatte sie viele.

Von Zeit zu Zeit ergab das Ganze ein Bild, fügte die Einheit sich zusammen wie ein Puzzle, in dem endlich alle Teilchen an ihrem Platz lagen. Und kaum hatte man diesen Punkt erreicht, ging alles wieder von vorn los und zersprang in Einzelteile, nur um sich nach und nach wieder zusammenzusetzen. Es war ein Kreis ohne Anfang und Ende, also ohne Zeit, und vielleicht nicht einmal das, vielleicht existierte gar nichts – was Eli in Tagen der Depression anzunehmen gewillt war.

Sie fand jedenfalls nicht das Geringste dabei, sich selbst – oder andere – als Gott zu bezeichnen oder als nicht existent, doch es erstaunte sie immer wieder, dass einen das an einen Ort brachte, an dem manche weiß bekittelt herumliefen.

Ihre Thesen hatte sie bereits etlichen Seelenärzten mitgeteilt, nicht wenig stolz auf das eigene Begriffsvermögen und ihre höchstpersönliche Lehre von der Weltformel. Diese hatten sie jedoch angeschaut wie die Schafe auf der Weide und eine Medikamentenerhöhung vorgeschlagen, was Eli in ihrem Urteil über das beschränkte Auffassungsvermögen von Psychiatern bestärkt hatte. Es mochte sein, dass Philosophen sie verstanden hätten, doch einstweilen waren Patienten und Psychiater die einzigen Adepten der Sudfeldt'schen Lehre. Und es half nicht, dass sie bei der Verkündigung derselben den Verkehr regelte oder eben Geld aus dem Fenster warf. Die Welt war noch nicht bereit für Elis Gedanken, so viel stand fest.

Der Einzige, der sie diesbezüglich einmal vollkommen verstanden hatte, war ein Sanitäter im Rettungswagen auf dem Weg in die Psychiatrie gewesen.

»Ach, Sie sind Gott? Und ich bin es auch? Ist ja 'n Ding«, hatte er gesagt. »Dann frage ich gleich mal nach einer Gehaltserhöhung. Und Sie, Sie werden sicher in der Psychiatrie viel Gutes tun, so viele Verstörte, wie da rumlaufen – sehr sinnvoll, dass Sie jetzt dahin kommen. Dort halten sich ja viele für den lieben Gott.« Beim letzten Satz hatte er sie sehr eindringlich angesehen, was Eli als Respektsbezeugung aufgefasst hatte. Dann hatte er ihr eine Fußstütze untergeschoben, eine Decke umgelegt und unter Gottkollegen eine mit ihr geraucht. Sie hatten noch ein Weilchen über die ethischen Implikationen gesprochen, die sich aus Elis philosophischer These ergaben: Kooperation sei beispielsweise auf dem Weg zum großen Ganzen viel sinnvoller als Konkurrenz, hatte Eli mitgeteilt, woraufhin der Sanitäter erwidert hatte, dass er ein bisschen Konkurrenz in der Bundesliga durchaus zu schätzen wisse und so weiter und so weiter. Im schönsten Einvernehmen waren sie auseinandergegangen. In der Klinik allerdings war sie fixiert und mit einer Spritze versorgt worden. Vielleicht ist Gott ein Teufel, vielleicht sind wir alle bloß Teufel, hatte sie da gedacht.

All das ging ihr durch den Sinn, als sie Cemile nachts beim Beten zuschaute. Wenngleich sie ihr auch gerne gesagt hätte, dass Allah bestimmt nicht taub war.

Eine Viertelstunde später irrlichterte Eli auf der Flucht vor Cemiles ohrenbetäubendem Gebet über die Gänge. Sie hatte bereits eine geraucht und war dann weitergezogen, um gegebenenfalls mit Joey einen kleinen Schwatz zu halten. Doch von dem war nichts zu sehen. Dafür sah sie Pfleger Ebermann, der ins Wachzimmer ging, um bei Martin Regener nach dem Rechten zu sehen. Eli überlegte kurz. Ebermann war nett, aber Martin war jetzt in ihrer Obhut. Man konnte nie wissen. Sie schlich leise hinterher und öffnete die Tür einen ganz kleinen Spalt.

Der Pfleger stand am Kopfende des Bettes und schaute den Journalisten an, der tief sediert ganz ruhig dalag. Dann griff er ein Kissen vom zweiten Bett und musterte es. Wollte er es Regener bequemer machen? Regener murmelte. Ebermann schüttelte den Kopf, schaute auf das Kissen in seinen Händen, räusperte sich, trat einen Schritt zurück. Wieder vor. Hielt inne. Dann legte er das Kissen behutsam auf Regeners Gesicht. Der rührte sich nicht, gab auch keinen Ton von sich. Ebermann drückte ein klein wenig stärker. Dann noch ein wenig stärker.

»Hallo, Herr Ebermann!« Eli stieß die Tür mit Schwung auf. »Wie geht es Martin? Sie wollten ihn gerade bequemer hinlegen, nicht? Er ist so ruhig – dann hat er also doch Haldol bekommen? Kann ich Ihnen helfen? Warten Sie, ich hebe mal seinen Kopf an und …«

Einen kurzen Augenblick standen beide wie versteinert. Ebermann schaute wie jemand, den man aus einem schrecklichen Albtraum gerissen hat. Er riss das Kissen erschrocken hoch und starrte Eli an. Laut war sein Atmen zu hören – er japste fast. Schließlich nahm er sich zusammen und sagte: »Frau Sudfeldt! Pflegerische Aufgaben überlassen Sie bitte dem Personal! Sie gehören ins Bett und nicht hierher. Wecken ist erst um sieben, und bis dahin wird geschlafen!« Währenddessen platzierte er das Kissen unter Regeners Kopf und zog nun mit einigermaßen hektischen Bewegungen die Decken strammer.

»Ja, aber ich kann nun mal nicht schlafen, Herr Ebermann, das wissen Sie doch. Können Sie mir vielleicht etwas geben, eine Valium oder so, damit ich noch ein Nickerchen machen kann?«

»Gut«, nickte der Pfleger, »ich gebe Ihnen was. Und nun raus hier.« Damit stopfte er noch einmal energisch Martins Decke fest und schob Eli aus dem Raum. Im Dienstzimmer gab er ihr ein Beruhigungsmittel und kontrollierte – gegen seine Gewohnheit –, ob sie die Pille auch einnahm.

»Danke, Herr Ebermann«, sagte Eli artig, »dann geh ich mal in die Heia.«

Das tat sie selbstverständlich nicht. Sie spuckte die Tablette aus und weckte den letzten Wikinger und seinen Kumpel.

»Schnell«, sagte sie, »steht auf und setzt euch in den Gang vor das Wachzimmer. Und ihr dürft auf keinen Fall zulassen, dass Ebermann da reingeht. Zur Not kriegt ihr einen Anfall oder Selbstmordgedanken oder sonst was, auf jeden Fall darf Ebermann nicht zu Martin, am besten auch sonst niemand. Habt ihr verstanden?«

Ohne ein Wort zogen die beiden davon. Mittlerweile war es halb fünf. Um sieben war Wecken und Ausgang. Wie weiter? Auf Station Alarm schlagen? Wer würde ihr schon glauben, ohne Beweise? Den Arzt vom Dienst kommen lassen, die Polizei? Das gleiche Problem. Die ganze Sache würde sich anhören wie das übliche Verschwörungsgeschwätz einer Irren. Zuerst zur Chefärztin, dachte Eli, vielleicht war sie schon im Haus. Wenn nicht, zum Rheinischen Echo. Verdammt, sie hatte gerade mit eigenen Augen gesehen, wie Ebermann versucht hatte, einen Menschen zu ermorden! Also gab es die Medikamententests – das war der Beweis. Und Ebermann steckte da drin. Mist. Ausgerechnet Ebermann. Hätte es nicht Weber sein können, der Eli schon bei ihrem ersten Aufenthalt unendlich auf den Wecker gefallen war? Oder Dr. Lorenz, der in der Visite kaum einmal von seinen Unterlagen aufblickte und nicht viel Zeit bei Gesprächen mit den Patienten vertat?

Cemile schlief. Eli, sonst meditativer als der Dalai-Lama, hielt es kaum in ihrem Bett aus. Eine Sekunde nach sieben stand sie vor dem Dienstzimmer und lächelte Ebermann an.

»Hat gut geholfen, das Valium – ich fühl mich megaausgeruht. Jetzt dreh ich eine Runde durch den Park. Können Sie mir bitte die Tür aufschließen?«

»Ich glaube, Sie sollten sich lieber noch ein bisschen hinlegen, Frau Sudfeldt, und die Tablette wirken lassen. Sie wissen doch, dass Ruhe bei einer Erkrankung wie der Ihren das A und O ist, nicht? Also, ab ins Bett mit Ihnen!«

Der Pfleger schaute sie an, kontrolliert, freundlich und gelassen wie immer. Wusste er, dass sie wusste? Dass sie ihn ertappt hatte?

Eli trollte sich. Eine Viertelstunde später peilte sie die Lage erneut. Ebermann war im Speiseraum. Sie versuchte es bei Schwester Hildegard, die dabei war, die Medikamente vorzubereiten.

»Ich hätte gerne meinen Ausgang, Frau Suttler. Könnten Sie mir bitte die Tür aufschließen?«

Was die Schwester tat – nicht ohne Eli noch einen Kommentar mit auf den Weg zu geben.

»Pünktlich zurück, Frau Sudfeldt. Besser zu früh als zu spät!«

Eli rannte zum Verwaltungsgebäude mit den Räumen der Klinikleitung. Sie hämmerte an Frau Dr. Naumanns Tür und drückte die Klinke hinunter. Die Tür ging auf. Die Ärztin saß an ihrem Schreibtisch und blickte erstaunt auf den Eindringling.

»Frau Dr. Naumann«, sagte Eli, »Sie müssen die Polizei verständigen. Sofort. Auf der B werden Patienten ermordet. Heute Nacht habe ich gesehen, dass Pfleger Ebermann einen Patienten ersticken wollte. Also, er ist kein Patient, sondern Journalist, und hat herausgefunden, dass ...«

»Stopp«, sagte die Chefärztin. »Sie können hier nicht einfach so reinplatzen. Wie heißen Sie gleich ...? Frau Sudfeldt, nicht? Seit Jahren immer wieder bei uns ... Was ist das für ein

Unsinn mit Morden auf der B? Hier wird selbstverständlich niemand ermordet. Was nehmen Sie zurzeit? Nachher ist Visite, da sollten wir dringend Ihre Medikamente justieren und …«

»Frau Dr. Naumann«, sagte Eli leise und eindringlich, »ich habe mit eigenen Augen gesehen, dass Herr Ebermann einen Patienten umbringen wollte. Und der ist gar kein Patient, sondern Journalist. Er arbeitet für das Rheinische Echo. Und er hat herausgefunden, dass auf der B illegal Medikamente getestet werden. Im Moment ist er fixiert, er hat eine Spritze bekommen. Er schwebt in Lebensgefahr! Sie müssen sofort etwas unternehmen! Sie wissen doch, dass bereits zwei Patienten gestorben sind! Ebermann hat …«

»Frau Sudfeldt! Ich weiß, dass es zwei Todesfälle gegeben hat bei Ihnen auf Station, das können Sie mir glauben! Deswegen sitze ich nämlich auch schon seit sechs Uhr hier. Das wird selbstverständlich sorgfältig untersucht, dafür verbürge ich mich. Und jetzt erzählen Sie mir bitte in Ruhe, was das für eine Geschichte mit dem Journalisten ist. Wie heißt der Mann, und was hat er angeblich herausgefunden? Und woher wissen Sie das alles? Welche Rolle spielen Sie eigentlich in der ganzen Angelegenheit?« Sie betonte das Sie und musterte Elis Outfit.

»Ja«, sagte Eli, »natürlich. Ich erzähle Ihnen alles. Aber vorher müssen Sie auf Station anrufen und ihn entfixieren lassen. Und dann müssen Sie die Polizei verständigen, sofort!«

Frau Dr. Naumann sah Eli noch einmal lange an. Dann stand sie auf und griff zu ihrem Handy.

»Sie entschuldigen mich einen Moment. Ich möchte das Gespräch nicht über die interne Hausleitung führen. Bitte bleiben Sie sitzen und versuchen Sie sich zu beruhigen. Ich kümmere mich um alles.« Damit ging sie in einen Nebenraum und schloss die Tür.

»Vertrauen ist gut, Kontrolle ist besser« – das war das Motto des großen Vorsitzenden Stalin gewesen und zugleich Prinzip von Mutter Sudfeldt, welche sich die Worte des Diktators in Bezug auf ihr wildes Töchterlein zu eigen gemacht hatte und selbiges strikt supervidierte. Und auch wenn Eli sich mit allen Mitteln dagegen auflehnte und seit jeher danach getrachtet hatte, in allem das genaue Gegenteil ihrer Frau Mama zu sein: Stalins Sinnspruch saß ihr doch in allen Zellen ihres Hirns.

Sie schlich zur Tür und öffnete sie einen Spalt.

»Ja, sie hat mich bedroht und angegriffen. Ja, psychotisch und gewalttätig, Verfolgungswahn, glaubt, sie würde ermordet. Seien Sie behutsam, ich möchte hier vorne keinen großen Aufstand. Sie werden sie hier sedieren und dann auf die E bringen. Ja, in die Forensik. Und vorher rufen Sie Ebermann an auf der B und schicken ihn zu mir, er kennt sie ganz gut. Beeilen Sie sich, die Patientin ist sehr unruhig.«

Die unruhige Patientin war bereits auf dem Weg zum Rheinischen Echo. In nur noch vierzig verbleibenden Minuten Ausgang. Geld für ein Taxi hatte sie auch keins.

Eli saß in der Bahn und war, soweit es ihre gute Laune zuließ, nervös. Die Fahrt zur Zeitung dauerte eine gute halbe Stunde plus allein fünfzehn Minuten für den Fußweg zur Haltestelle. Sie hatte keine Fahrkarte. Außerdem war sie wie immer reichlich extravagant angezogen – sie hatte ohnehin einen exzentrischen Kleidergeschmack, und ihre Outfits verbesserten sich nicht wirklich dadurch, dass ihre Mutter ihr im Notfall Kleidung in die Klinik brachte. Kleidung, die die liebe Frau Mama für passend erachtete, wurde von Eli seit jeher a) ignoriert oder b) Tochter-Sudfeldt-like eingearbeitet. Sie fiel also auf, und das war schlecht. Da sie einen Unterbringungsbeschluss hatte, würde die Klinik die Polizei verständigen, sobald sie nicht von ihrem Ausgang zurückkehrte – von der Chefärztin ganz zu schweigen. Und was mochte sich in der Zwischenzeit auf Station abspielen? Der Kaiser und Odin würden zwar aufpassen wie die Luchse, doch waren sie Patienten – im Fall des Kaisers Patienten, die ihren Verstand irgendwo rumliegen ließen und nicht mehr abholten.

Sollte sie irgendjemanden um das Geld für ein Ticket anschnorren? Schon oft in ihrem wechselvollen Leben zwischen Studium und Jobs, die garantiert nicht in die Beamtenlaufbahn mündeten, hatte das Geld kaum für die Miete gereicht, geschweige denn für die Dinge, die eine Connaisseuserin wie sie als unabdingbar erachtete. Deswegen hatte sie sich gelegentlich zu den Punks in der Innenstadt gesetzt und sich »beschenken« lassen. Natürlich hatte sie alle Geschenke mit den Punks geteilt – sie konnte sich nun mal nur schwer damit abfinden, wie Gold und Gut in der Welt verteilt waren, und tat ihr Bestes, um diesbezüglich den Planeten in die Waage zu bringen.

Doch wenn sie jetzt bettelte, würde sie erst recht auffallen. Sie betete, dass keine Kontrolleure kämen, die sich allerdings in der letzten Zeit explosionsartig vermehrt hatten. Kaum hatte sie den Gedanken zu Ende gebracht, stiegen auch schon drei rotbemützte Bahnbeamte ein. Eli versuchte mit dem Hintergrund zu verschmelzen, was allerdings für eine Frau ihres Zuschnitts so unmöglich war wie der Versuch eines Chamäleons, aufzufallen. Wie noch bei jeder Kontrolle in den Rheinischen Verkehrsbetrieben steuerten die Aufpasser ohne Umschweife Eli an. Sie litt nicht unter Verfolgungswahn, aber sie fragte sich manchmal doch, ob die Bediensteten ein Foto von ihr mit sich führten.

»Die Fahrausweise, bitte!«

Eli wühlte umständlich in ihren Taschen und schielte nach der Tür. Selbstverständlich führte sie keinen Ausweis mit sich. Flüchtig dachte sie an ihren Schutzengel, eine Person mit mittlerweile schwerem Burnout.

»Hier ist mein Ausweis. Einmal schwerbehindert und Begleitung.«

Ein junger Mann im Rollstuhl hatte seine Fahrkarte gezückt und auf Eli gedeutet.

»Die Dame dort mit den blonden Haaren ist meine Begleitung.«

Eli lächelte ihn an.

»Aha. Sitzt ganz schön weit von Ihnen entfernt, die Begleitung«, brummte der Kontrolleur misstrauisch.

»Jo«, sagte der Behinderte und lächelte zurück. »Ist ein freies Land, nicht?«

Der Mann erwiderte nichts. Dafür prüfte er akribisch das Dokument des jungen Mannes.

»Tja. Die Wertmarke ist leider abgelaufen. Vor zwei Tagen. Kann ich bitte mal Ihren Ausweis sehen? Und Ihren bitte auch, junge Frau.«

Zum Glück hatte die Bahn gerade eine Haltestelle erreicht. Eli hastete zur Tür. In einem Satz war sie draußen und konzentrierte sich aufs Laufen. Gott sei Dank – sie hörte keine Verfolger hinter sich.

Nicht nur schnell im Kopf, auch schnell auf den Beinen, dachte sie hocherfreut und schüttelte sich selbst im Geist die Hand.

Ein paar Minuten später sah sie ein Taxi. Noch im Laufen hob sie den Arm. »Zum Rheinischen Echo, bitte!«

Der Taxifahrer musterte seine Kundin, deren äußere Erscheinung sich durch das Rennen nicht verbessert hatte und die

nun derangiert und ohne Tasche neben ihm saß. Dann verlangte er Vorkasse.

»Guter Mann«, sagte Eli mit Grandezza, »merken Sie sich eines: Beurteilen Sie niemals, niemals einen Menschen nach seinem Äußeren! Sie werden für Ihre Dienste reichlich entlohnt, sobald wir am Ziel sind! Und nun fahren Sie los, oder wollen Sie den Gang der Geschichte für immer zu deren Nachteil verändern? Es schadet im Übrigen nicht, wenn Sie Gas geben!«

Zehn Minuten später hielten sie vor dem Verlagsgebäude.

»Siebzehn Euro achtzig«, verlangte der Fahrer, dem die rasante Fahrt offensichtlich Spaß gemacht hatte. Eli, ganz Madame Sudfeldt mit einer Vorliebe für standesgemäßes Fahren, wies ihn an zu warten, bis sie mit dem Geld zurückkäme, was »in einem kurzen Augenblick« der Fall sein werde. »Und in Ihrem Fach sind Sie ein echter Könner, das kann ich Ihnen sagen – tausend Dank, auch im Namen der Menschheit!« Damit schüttelte sie dem verdutzten Mann die Hand und war durch die Tür.

Martin hatte seltsame Träume. Seltsame Gedanken. Seltsame Bewegungen. Gar keine Bewegungen, genau genommen. Er konnte sich nicht rühren. Sein Körper steckte in etwas fest. In was? Er fühlte sich wie in einem Panzer, wie festgeschmiedet, seine Knochen schmerzten. Sven Baumann war auch hier. Wieso eigentlich? War der verrückt geworden? Ach nein, der war ja bereits verrückt gewesen. Und er selbst, war er auch verrückt? Er ... hatte auf einer Brücke gestanden und dann war er hierhin gekommen und man hatte ihm eine Spritze gegeben. Warum? Mit ihm war doch alles in Ordnung? Er war in einem ... einem Krankenhaus? Was war bloß los mit ihm? Er hatte Durst, sein Mund war ganz trocken, sein Geist war auch unbeweglich, steckte fest wie in einem Morast. Er fühlte sich unendlich benommen.

Vielleicht konnte Baumann ihm ein Glas Wasser geben? Er musste ihm sagen, dass er sich keine Spritze geben lassen durfte, man konnte ja gar nicht mehr denken nach so einer Spritze.

Baumann stand neben ihm, hatte ein Kissen in der Hand, beugte sich dann über ihn, legte das Kissen auf ihn. War der voll irre? Martin bekam keine Luft mehr, musste Baumann sagen, dass er das Kissen wegnehmen musste, musste ihm auch sagen, dass er sich keine Spritze geben lassen durfte. Und keine Pillen! Er musste Baumann wirklich dringend sagen, dass er kein L ... kein ... Lanta ... Lantat ... nehmen durfte. Aber er bekam jetzt gar keine Luft mehr.

In der rheinischen Fachklinik war Odin, Gott der Wikinger, einer Raserei nahe. Zorn, großer Zorn kam jedes Mal über ihn, wenn er sah, wie ein Wesen gequält wurde. Schlimm war es, wenn sich jemand an einem hilflosen Wesen vergriff, noch schlimmer, wenn dieses Wesen unter seinem Schutz stand. Er, Odin, hatte versprochen, auf Martin Regener aufzupassen. Und nun stand er im Dienstzimmer, wohin er Ebermann gefolgt war, und sah einen Mord an! Er sah durch die Scheibe zum Wachzimmer ganz genau, dass Sven Baumann, der vormalige Schachkumpel der Mumie, versuchte, den Journalisten umzubringen! Er schaute mit eigenen Augen, wie Baumann, der am Morgen über Selbstmordgedanken geklagt hatte und daraufhin ins Wachzimmer verlegt worden war, aufstand, sich zu Regeners Bett schlich und dem reglos daliegenden Mann sachte ein Kissen auf Mund und Nase legte.

Odin ballte die Fäuste und sammelte sich. Dann streckte er seinen Rücken durch. Mit einer Stimme, die tief aus den Wäldern des Nordens zu kommen schien, rief er seinen Göttersohn Thor und dessen Hammer Mjöllnir zu Hilfe.

Als die Polizei bei der Zeitung eintraf, verständigt von der Klinik, den Bahnkontrolleuren, dem Taxifahrer und der Empfangsdame des Rheinischen Echos – Eli: »Ich muss sofort zum Chef. Sofort! Es geht um Leben und Tod!« –, bot sich den Beamten, die sich ganz vorsichtig und mit der Hand auf der Waffe näherten, folgendes Bild:

Eli, entspannt wie ein Bonobo-Äffchen und wie immer ganz Herrin der Lage, ließ die Beine vom Schreibtisch des Chefs baumeln, steckte sich eine Fluppe an und lächelte entzückt.

»Hallo! Mensch, das ist ja irre – kann die Polizei neuerdings Gedanken lesen? Gerade wollten wir bei Ihnen anrufen!«

Das führte zunächst nicht dazu, dass die Lage sich entspannte.

Die Polizisten hielten weiter Sicherheitsabstand und blickten auf Dr. Broekmaier, den Eigentümer der Zeitschrift, und Corinna Steier, die beide an der Seite des Tisches standen.

»Alles in Ordnung«, sagte Dr. Broekmaier. »In der Tat wollten wir Sie just in diesem Moment verständigen. Frau Sudfeldt hier war so freundlich, uns über gewisse Vorgänge im Landeskrankenhaus Rheinland zu verständigen. Einer unserer Redakteure hat dort für einen Artikel recherchiert – es geht, wie Frau Steier hier mir gerade gesagt hat, um illegale Medikamente. Wie es scheint, befindet sich der Mitarbeiter in Gefahr. Frau Sudfeldt hat offenbar einen Mordversuch beobachtet. Es ist alles ein wenig unklar.«

Einer der Beamten griff daraufhin zum Funkgerät und machte Meldung.

Sein Kollege ging indessen mit ausgestreckten Armen auf Eli zu und sagte behutsam: »Sie sind Frau Eli Sudfeldt, zurzeit Patientin im Landeskrankenhaus? Sie haben sich von dort ohne Erlaubnis entfernt. Wir würden Sie gerne zurück in die Klinik bringen.«

»Oh, das ist ja reizend!«, lächelte Eli. »Könnten wir vielleicht vorher kurz bei meiner Wohnung vorbeifahren? Ich brauche ein paar Sachen, und ich habe überhaupt nichts mehr anzuziehen. Und können wir vielleicht mit Blaulicht fahren? Das mache ich so gerne!«

»Frau Sudfeldt«, sagte der Wachtmeister, »ich garantiere Ihnen, dass wir mit Blaulicht fahren. Aber nicht zu Ihrer Wohnung.«

Danach ...

... saßen Martin Regener und Eli Sudfeldt am Teich bei der Cafeteria. Sie hatten sich länger nicht gesehen. Martin war in ein anderes Krankenhaus verlegt worden, wo man ihn gründlich untersucht hatte. Als Eli mit den Streifenwagenbeamten im Krankenhaus angekommen war, war dort bereits die Polizei vor Ort – auch Kriminalbeamte waren eingetroffen. Dr. Lorenz hatte sie verständigt, nachdem er erst mit Odin und dann schließlich mit dem immer noch ziemlich benommenen Journalisten geredet hatte, wobei Regener dem Arzt alles über die illegalen Tests erzählt hatte. Odin hatte Regener nicht aus den Augen gelassen und es kaum geduldet, als Dr. Lorenz den lädierten Patienten untersuchen wollte. »Baumann wollte den umbringen«, hatte er geschrien, »das tut man doch nicht, so was! Der konnte sich doch gar nicht wehren, das war kein Kampf. Das war unfair, so was tut man doch nicht, der ist kein Krieger! Ich pass auf dich auf, Martin. Kannste dich drauf verlassen! Fassen Sie den bloß nicht an, Dr. Lorenz! Tun Sie dem nichts! Ich bin Odin, der Gott der Wikinger! Der Gott der Wikinger!«

Sven Baumann und Markus Ebermann waren verhaftet worden, Frau Dr. Naumann war bis auf Weiteres beurlaubt und hatte sich der Polizei zur Verfügung zu halten. Die Patienten wurden auf andere Stationen verteilt, die B wurde vorübergehend geschlossen, Computer und sonstige Unterlagen wurden beschlagnahmt.

»Dr. Naumann hat ausgesagt«, erklärte der Journalist, »sie habe warten wollen, bis ich aufwache. Sie habe zuerst mit mir sprechen und die Pferde nicht scheu machen wollen. Sie hat auch gesagt, dass sie die Patienten nicht unnötig ängstigen wollte. Es sei alles ziemlich wirr gewesen. Sie habe an ihre ärztliche Verantwortung denken müssen und den Sachverhalt in Ruhe klären wollen. Und in der Psychiatrie sei Ruhe nun mal das oberste Gebot.«

»Schöne Ruhe«, schnaubte Eli, »die ganze Station war doch sowieso voll von der Rolle – alle hatten Angst. Ich frage mich, wann sie gesteht. Es ist doch sonnenklar, dass die Experimente ohne sie nicht hätten laufen können. Wenn es nach ihr gegangen wäre, wärst du jetzt tot und ich säße in der Forensik. Und da kommt man überhaupt nicht mehr raus.«

»Tja, die Chefärztin«, sagte Martin. »Natürlich, sie muss hier alles koordiniert haben, ohne sie wäre es nicht gegangen. Ich denke, Ebermann wird in diese Richtung aussagen, aber noch mauert er. Die Polizei ermittelt. Ebermann kann es nicht allein gewesen sein, sie war sicher beteiligt. Ich habe mich gefragt, warum. Ich meine, sie verdient doch nicht schlecht. Aber Corinna, meine Kollegin, hat herausgefunden, dass Dr. Naumanns Mann mit seiner Firma bereits im Insolvenzverfahren stand. Dann die Kinder auf Privatschulen, ein großes Haus, noch nicht abbezahlt, teure Reisen – das will alles bezahlt sein. Das liebe Geld, Eli. Es ist nun mal das älteste Motiv der Welt.«

»Und Sven Baumann war also auch kein Patient. Das hätte ich nicht gedacht«, sagte Eli nachdenklich und rührte in ihrem Kaffee. »Komisch. Er war so glaubhaft. Dem habe ich ein Burnout hundertsten Grades diagnostiziert. Er war immer so angespannt und gereizt und dabei so ultrabeherrscht, wie jemand, der kurz vor dem Kollaps steht.«

»Nein. Baumann war kein Patient. Und kein Wunder, dass er angespannt war, er stand garantiert unter höchstem Druck. Er war im Auftrag der Pharmafirma auf Station, sollte dort alles überwachen und ein Auge auf die Patienten haben. Aber dass die Leute sterben und ich dazwischenfunke – damit haben sie nicht gerechnet, das Ganze muss sich rasend schnell verselbstständigt haben. Er hat alles abgestritten und behauptet, Heiner hätte sich den Mordversuch nur eingebildet. Er sei nur der Mann vor Ort gewesen, habe seinem Unternehmen Bericht erstatten sollen, weiter nichts. Es ist eine ziemlich kleine Firma, die mal recht erfolgreich war, in letzter Zeit aber in Schieflage gekommen ist. Sie brauchten dringend ein aussichtsreiches Medikament und wollten das sehr lange und sehr teure Studienverfahren, sagen wir, ein kleines bisschen abkürzen.«

»Dann hatte Peter also recht«, sagte Eli, »sie testen es an Leuten wie uns. Und ich dachte, er kriegt langsam Verfolgungswahn.«

Martin schwieg mitfühlend und sah Eli an.

»Es hat in der DDR früher mal illegale Studien gegeben. Und wer weiß schon, was in fernen Ländern passiert? Aber hier in Deutschland, mit höchsten gesetzlichen Auflagen – es wundert mich, dass sie es probiert haben. Die ganze Sache ist ihnen aus dem Ruder gelaufen, die Todesfälle haben sie entsetzt, sie hatten es nicht mehr unter Kontrolle, die Lage hat sich überstürzt. Baumann muss schon sehr verzweifelt gewesen sein, um diesen Mordversuch zu wagen. Ich meine, ihm hätte klar gewesen sein müssen, dass man die Sache gar nicht mehr unterm Deckel halten konnte. Aber du weißt ja, wie die Atmosphäre auf der Station ist – man denkt, man wäre in einer anderen Welt mit anderen Regeln.«

»Ja«, sagte Eli und warf den Tauben einen Keks zu. »Baumann ist ein großes Risiko eingegangen – durch die Scheibe zum Dienstzimmer hätte man alles sehen können, er muss darauf gesetzt haben, dass montagmorgens vor der Chefarztvisite alle beschäftigt sind und keiner so genau aufpasst. Aber die Sache wäre ihnen so oder so um die Ohren geflogen. Drei Todesfälle in so kurzer Zeit – das hätte viel Aufsehen gegeben. Und Ebermann? Was ist mit dem? Die Polizei war hier und hat mich befragt. Ich habe ihnen gesagt, dass ich gesehen habe, wie er dir ein Kissen auf den Mund gelegt hat.«

»Ebermann. Hm. Der nette Krankenpfleger. Er ist wirklich nett, nicht? Er kann einem ein bisschen leidtun, er ist regelrecht zusammengebrochen, nur noch ein Häufchen Elend, er bereut zutiefst, ich kaufe ihm das auch ab. Eigentlich ist er so etwas wie ein Idealist, das behauptet er jedenfalls. Er hat ausgesagt, dass er dachte, die illegalen Tests seien völlig harmlos – es würde doch ohnehin getestet, er habe im Dienst der Forschung gestanden und auch stehen wollen. Die Vorschriften in Deutschland seien viel zu streng, die Hürden viel zu hoch, hat er gesagt, dabei bräuchten die Patienten doch dringend neue und bessere

Medikamente. Er habe es einfach nicht mehr mit ansehen können, wie die Patienten leiden, er arbeite so gern mit den Menschen, die lägen ihm am Herzen, er habe unbedingt helfen wollen. Die Chefärztin habe oft mit ihm gesprochen – wie schön es wäre, wenn man den Wahnsinn, diese Geißel der Menschheit, heilen könnte. Die beiden kennen sich gut, sie hat ihn an dieses Krankenhaus geholt. Er habe alles abbrechen wollen, als die Patienten starben. Und dann hat er Panik gekriegt, als er merkte, dass ich Journalist bin. Vielleicht hat ihm Baumann auch Druck gemacht, vielleicht haben sie Ebermann, dem Idealisten, nicht so ganz getraut, ihn sogar zu der Tat erpresst– das wissen wir alles noch nicht. Ich habe ihn ja noch informiert, Eli, wusstest du das? Ich hatte wahnsinnige Angst nach der Spritze, und da habe ich Ebermann alles erzählt. Da muss er dann wohl beschlossen haben, mich umzubringen. Das streitet er natürlich ab, er behauptet bislang, er habe nur nach mir sehen wollen. Oder er hat in dem Moment selbst noch gezögert? Ich traue es ihm immer noch nicht zu. Das mit dem Kissen habe ich übrigens gar nicht bemerkt – ich kann mich nur ganz vage an Ebermanns Gesicht erinnern, wie er da im Zimmer stand.«

»Warum hast du dir überhaupt die Spritze geben lassen? Warum hast du Schwester Hildegard nicht alles gesagt? Oder zumindest, dass sie gegen das Gesetz verstößt oder ...«

»Schwester Hildegard habe ich alles gesagt, Eli, und ich habe auch gesagt, dass ich diese Spritze selbstverständlich nicht akzeptiere. Und weißt du, was sie erwidert hat?« Martin ahmte die dynamische Pflegerin nach: »›Herr Regener, ich verstehe Sie vollkommen und ich habe auch ein Auge auf Sie, falls Sie das beruhigt. Aber das Medikament wurde ärztlicherseits angeordnet. Daran habe ich mich zu halten. Ich glaube auch, dass das jetzt sinnvoll ist, ich würde mich freuen, wenn Sie das auch so sehen könnten. Sie brauchen jetzt erst mal Ruhe und Sie werden nun fest schlafen, das tut Ihnen gut. Morgen kommt noch ein Richter, der wird mit Ihnen reden, und außerdem ist Chefarztvisite. Sie können also alles Weitere ...«

»... in der Visite besprechen‹«, fiel Eli mit ein.

»Genau. Sie hat dann noch ausgesagt, sie habe mit mir gesprochen und versucht, meine Zustimmung zu der Medikamentenbehandlung zu erreichen. Die Patienten würden ja oft alles Mögliche in ihrem Wahn sagen, sie habe das nicht so ernst genommen mit der Angst vor der Spritze, sie habe auch schon oft erlebt, wie die Patienten sich beruhigten nach einem Medikament, sie habe auch mich beruhigen wollen. Und sie habe mich im Blick gehabt, sie sei da aufmerksam gewesen. Von dem falschen Medikament habe sie aber absolut nichts gewusst. Und das glaube ich ihr auch.«

Beide schwiegen. Eli trank einen Schluck von ihrem Kaffee und zerbröselte noch einen Keks.

»Ausgerechnet Ebermann. Hätte es nicht Weber sein können? Diese Type kann ich einfach nicht ertragen.«

»Oh, vielleicht besteht Hoffnung«, sagte Regener. »Weber ist noch keineswegs raus. Die Polizei untersucht noch, wer sonst alles beteiligt war. Ebermann kann nicht immer die Medikamente allein gestellt haben.«

»Das reinste Irrenhaus«, sagte Eli, »illegale Tests, die Chefärztin korrupt und lauter Undercoverpatienten! Wahrscheinlich war ich überhaupt die einzige echte Kranke hier, und dabei bin ich völlig gesund. Wie du ja weißt ...«

»... geht es mir Bombe«, fiel Regener mit ein.

Sie lachten einträchtig.

»Und woher kam nun der Tipp?«, fragte Eli. »Weiß man schon, wer der Informant war?

»Nein, weiß man nicht«, sagte Regener, »es muss wohl ein Insider gewesen sein. Vielleicht wusste er ein bisschen, aber nicht genug, und hatte vor allem keine Beweise? Oder er wusste so einiges, hatte Skrupel, wollte aber in Deckung bleiben? Die Polizei ermittelt auch in diesem Punkt noch. Und das reinste Irrenhaus, Eli – das war es wirklich, und zwar nachdem Odin losgelegt hat mit seinem Kampfesruf. Er muss geglaubt haben, Ragnarök, die letzte Schlacht, stünde bevor. Und der Kaiser hat's sofort gepeilt, der ist ins Wachzimmer gestürzt und hat da das Grundgesetz aufgesagt, du weißt ja, so wie er das immer macht, wenn er wirklich aufgeregt ist. Die beiden liefen herum, und der eine hat immer ›Walhalla, Walhalla!‹ gerufen und der andere hat andauernd wiederholt: ›Die Würde des Menschen ist unantastbar, Paragraf eins Grundgesetz, die Würde des Menschen ist unantastbar ...‹ Ich kann dir sagen, ich hatte Kopfschmerzen, als ich so langsam zu mir kam.«

»Ja, kann ich mir vorstellen. Hätte ich echt gern gesehen«, lachte Eli. »Nachher konnte selbst ich sie kaum beruhigen. Sie wollten unbedingt bei dir bleiben und sogar in das nächste Krankenhaus mitkommen. Sie haben auch der Polizei nicht so richtig getraut.«

»Eine fantastische Security jedenfalls«, sagte Regener. »Wer weiß, was ohne die beiden passiert wäre. Grüß die zwei sehr herzlich von mir und sag ihnen, dass ich demnächst mit den feinsten Zigarren wiederkomme, die ich in der Stadt finden kann.«

»Mach ich«, sagte Eli und steckte sich direkt eine Kippe an. »Die beiden grüßen auch schön. Odin hat vorhin die Runen für dich gelegt. Das macht er nur, wenn er jemanden wirklich leiden kann. Er hat gesagt, die Rune deines idealen Partners wäre ›Isa‹, das steht für Stille, Selbstbeherrschung und Konzentration. Lustig, das ist meine Rune und …« Sie klappte verdutzt den Mund zu und schloss dann etwas lahm: »Na ja, ich fand schon immer, dass ›Isa‹ nicht so richtig zu mir passt.«

Eine Weile schwiegen sie und schauten den Tauben zu. Es war ein verträumter Platz, hier am Teich.

»Wie geht's jetzt weiter mit dir, Martin?«, fragte Eli schließlich. »Zurück an die Arbeit oder machst du 'ne Weile frei?«

Martin räusperte sich.

»Man hat mir geraten, mal auszuspannen. Und zwar gründlich. Mehr auf mich zu achten, kürzerzutreten, autogenes Training und so weiter. Man hat mir auch zu einem Antidepressivum geraten, und zwar zu welchem …?«

»LantatrinCetaMX«, sagte Eli wie aus der Pistole geschossen. »Ich glaub es nicht!«

»Doch. Natürlich das echte. Sei vollkommen unbedenklich. Aber ich habe gesagt …«

»Du hast gesagt, du nimmst direkt die Hunderterpackung, richtig?«

»Ich habe gesagt, ich probiere es erst mit autogenem Training und viel Bewegung. Und natürlich Ruhe und …«

»… nochmals Ruhe«, fiel Eli mit ein. Wieder lachten sie zusammen.

»Krüger will mich zwar sofort wieder einsetzen«, fuhr Regener fort, »der sieht schon den nächsten Wallraff in mir, aber ich mache tatsächlich erst mal Urlaub. In Schottland. Meine Schwester kommt mit, ich schätze, wir werden mindestens sechs Wochen bleiben. Danach werde ich wohl in die Kur gehen. Psychosomatik. Auch noch mal sechs Wochen. Aber nicht länger. Muss ja schließlich langsam wieder normal werden. Mein Unterbringungsbeschluss wurde übrigens aufgehoben.«

»Ach, ich weiß nicht«, sagte Eli. »Normal sein ist doch bloß anders verrückt. Hier im Irrenhaus sind die Irren normal, draußen sind sie es nicht. Und Wahnsinn ist es erst, wenn sonst keiner mehr mitmacht, nicht? Also, mach ruhig mal ordentlich Pause und scheiß aufs Normalsein. Hier ist immer ein Plätzchen für dich frei.«

Sie drückte die Kippe aus, rückte ihren Stuhl zurecht und fügte hinzu:

»Übrigens ganz schön einsam, da in Schottland. Kannst mich jederzeit anrufen, stets zu Diensten, immer für dich da.«

Martin sah sie an. Ihre Haare hatten sich gelöst. Sie sah aus, als stünde sie in Flammen, die pure Energie.

»Danke dafür. Und danke für alles«, sagte er. »Du hast mir das Leben gerettet. Ich weiß nicht, was ich sagen soll ...«

»Also weißt du, Martin, das scheint generell dein Problem bei Dates zu sein – du weißt einfach nicht, was du sagen sollst. Überlass das mir, ich bin ein Ass im Flirten. Du brauchst gar nichts zu sagen und du brauchst mir auch nicht zu danken. Es hat mir nämlich alles wahnsinnig Spaß gemacht. Der aufregendste Aufenthalt aller Zeiten war das, und glaub mir, ich hab schon einige Zeit in diesen Räumlichkeiten verbracht.«

»Tja, Eli, aber willst du nicht langsam auch mal nach Hause? Wie geht's dir denn jetzt? Nimmst du immer noch keine Medikamente?«

»Doch«, sagte Eli leichthin. »Dr. Lorenz hat mich gefragt, wie es mit mir steht nach dem ganzen Abenteuer. Und dann hat er gesagt, ich solle unbedingt was nehmen zum Runterkommen nach all der Aufregung, sonst würde ich vielleicht für immer wegfliegen und auf dem Planeten Pluto landen oder so. Also mache ich das jetzt. Er hat wahnsinnig viele Studien zitiert, du weißt ja, wie er ist. Und tja, ich muss an meiner Krankheitseinsicht arbeiten, um hier rauszukommen.«

Eli lachte bei dem Gedanken an die vielen Geschichten, die sie schon im Hinblick auf Krankheitseinsicht erzählt hatte, sagte dann aber:

»Es ist ja auch so ... Es war jetzt so langweilig in der Bude hier, nachdem du weg warst, und na ja, wenn's so weitergeht, wird so langsam alles immer noch langweiliger und öder und dann komme ich so richtig runter, habe zu gar nichts mehr Lust ...« Sie sah ihn einen Augenblick an, drückte die Kippe aus und sprach dann in Richtung der Tauben weiter: »... also nehme ich was, um die Stimmung zu stabilisieren, wie man so schön sagt. Was bedeutet, dass ich voll krankheitseinsichtig bin, und das heißt bald: Auf Wiedersehen, Psychiatrie. Es hat großen Spaß gemacht, aber zu Hause ist es auch sehr schön.«

Er schaute sie an. War das Ganze wirklich nur ein Spaß für sie gewesen, ein aufregendes Detektivspiel? Hatte sie überhaupt realisiert, in welch ernster Gefahr er sich befunden hatte? Und war ihr das nahegegangen? Er wusste es nicht. Jedenfalls war sie äußerst fix gewesen, hatte genau das Richtige getan und nichts unversucht gelassen.

Lachte sie alles hinweg? Was verbarg sich hinter der berstend guten Laune? Konnte sie tief empfinden? Lieben? Hatten ihre Gefühle Bestand, oder war schon morgen nichts mehr, wo es gestern noch gewesen war?

Wie krank war sie eigentlich? Und war sie wirklich krank, oder empfand sie nur tiefer, weiter, schneller, höher – extremer als andere Menschen?

Wer war sie? Wie war sie? Und war sie für ihn?

Das würde ich gern herausfinden, dachte er. Er sah sie an, wie sie an einer Locke drehte.

Sie war ... sie war eben, wie sie war. Unverwechselbar. Ein Original. Absolut nicht jedermanns Fall. Neugierig, egozentrisch, gedankenlos, eitel und manchmal so taktlos, dass einem der Atem wegblieb. Dann wieder so feinfühlig, dass die Luft um sie herum zu schweben schien. Tanzte durch die Welt.

Sie blieb im Gedächtnis. Brachte einen zum Lachen. Und auch zum Weinen.

Er beugte sich zu ihr und legte einen Arm um sie.

»Schau mal, Eli, siehst du die Taube dort? Die mit den karamellfarbenen Federn? Die hat einen Verehrer. Da, der mit der schwarzen Haube, der ist schon die ganze Zeit hinter ihr her, und sie ist andauernd weggeflogen. Und gerade eben ... siehst du es? Gerade eben ist sie nicht länger weggetrippelt. Jetzt sieht sie ihn sogar an ... Ich glaube, sie gurrt, hörst du das?«

Dann zog er sie ein kleines bisschen fester an sich.

»Übrigens, du, sag mal, die ganze Zeit habe ich mich das schon gefragt: Die Sommersprossen auf deiner Nase, sind die eigentlich dunkelbraun oder karamell?«

Und da hielt Mademoiselle Sudfeldt, Gute-Laune-Mission-Eli, Aufmunterungsspezialistin, Sonnenschein vom Dienst, Philosophin von Weltrang, Expertin für die schönen Künste und

Connaisseuserin von Genusswaren aller Art, tatkräftig wie Herkules und niemals um Worte verlegen, doch in der Liebe und überhaupt in jeder Beziehung schüchtern und ängstlich wie ein kleines Kind, einfach mal die Klappe.

... und so geht es weiter:

- Eli heiratet Martin Regener und bekommt mit ihm zwei entzückende Kinder in einem Häuschen im Grünen, gleichwohl mitten in der Stadt.
- Sie schließt ihr Studium nach fünfzehn, zum Schluss etwas zähen Jahren summa cum laude ab und erhält einen hoch bezahlten Job an der Uni oder beim Rheinischen Echo, egal wo, jedenfalls hoch bezahlt, dabei aber unanstrengend.
- Und sie ist, last, but not least, nur noch deswegen in der Psychiatrie, um aus dem Buch vorzulesen, welches sie nun endlich fertig zu schreiben gedenkt.

Das glauben Sie nicht? Nun – es ist unwahrscheinlich.

Doch andererseits handelt das Buch vom Wahnsinn.

Und der Wahnsinn, liebe Leserin und lieber Leser, hat nun mal den einen, den unschätzbaren Vorteil:

Man kann sich genau die Realität aussuchen, die zu einem passt.

Nachwort

Alle Figuren im Krimi, deren Namen und die Handlung sind völlig frei erfunden, etwaige Ähnlichkeiten – auch Übereinstimmungen mit psychiatrischen Krankenhäusern – sind rein zufällig und nicht gewollt.

Das Buch ist Fiktion und abermals Fiktion – die Pharmafirma im Krimi trägt bewusst keinen Namen, eine Zeitung namens »Rheinisches Echo« gibt es nicht.

Der Name des fraglichen Medikaments ist ebenfalls frei erfunden; ein Medikament namens LantatrinCetaMX oder abgekürzt Lantatrin, L oder Lanta existiert nicht (jedenfalls nicht bei Drucklegung). Ebenfalls existiert kein Medikament namens Lambadin.

Mein Pseudonym ist genauso rein zufällig entstanden und hat nichts mit real existierenden Personen zu tun.

Eine Laboranalyse wie im Buch dauert in Wahrheit sehr viel länger (etwa drei bis vier Wochen), im Sinne der Geschichte habe ich mir die Freiheit genommen, die Dinge zu beschleunigen.

Die verdächtige Chefärztin ist ein wenig unglaubwürdig,

ich gebe es zu. Ein Arzt, eine Ärztin in dieser Position würde nicht so handeln. Auch diesbezüglich berufe ich mich auf die dichterische Freiheit.

Danksagung

Zuerst geht sehr herzlicher Dank an Brigitte Siebrasse, die bereits tüchtig mit angepackt hat, als das Buch nur eine Idee war.

Das Team des Psychiatrie Verlags hat mich mit Lob (auch Tadel), Ideen, Anregungen und sehr gutem Kuchen begleitet. Danke.

Sarah Richert hat das Buch in ihre fähigen Hände genommen und mich mit klugen Tipps, viel Lob und vielen Ideen überschüttet. Herzlichen Dank für die angenehme und hilfreiche Zusammenarbeit.

Dr. Volkmar Aderhold, Prof. Dr. Asmus Finzen, Margret Osterfeld, Dr. Thomas Schmitt und RA Lutz Eisel beantworteten geduldig und hilfsbereit meine Fragen zur Thematik – dafür danke ich sehr herzlich. Weiter danke ich Dorothee Sauter und Gernot Walter für das Lesen des Manuskripts und praktische Hinweise zum pflegerischen Alltag.

Ebenso danke ich Philipp Scheb vom Bundesinstitut für Arzneimittel und Medizinprodukte für seine freundliche Auskunftsbereitschaft, Peter Mannsdorff für nützliche Hinweise, Cornelius Kunst von der Anlaufstelle Rheinland für nützliche Informationen sowie Bernd Kuhnert und Claudia Cseh für nützliche Hilfen aller Art.

Die Zeitschrift »Soziale Psychiatrie« hat mir gezeigt, dass man auch am Tag schreiben kann – ich bedanke mich.

Dank geht an meine liebenswürdige kleine Horde in Porz.

Ich danke meiner Mutter für stete Liebe und Fürsorge. Tausend Dank, Mama, dass du mir dein Durchhaltevermögen vererbt hast!

Schwester, Schwager und Nichte – in Zuneigung. Das nächste Buch ist für euch.

Barbara, du hast gesagt, ich soll mich doch einfach mal hinsetzen und ein Buch schreiben. Danke. Hat dann doch noch geklappt.

Matthias danke ich für den ganzen Rest. Ohne dich wäre gar nichts möglich.